月上京山

季云——著

SPM 南方传媒 | 花城出版社

中国·广州

图书在版编目（ＣＩＰ）数据

月上东山 / 季云著. -- 广州 ：花城出版社，
2023.1（2023.2重印）
ISBN 978-7-5360-9810-7

Ⅰ. ①月… Ⅱ. ①季… Ⅲ. ①散文集－中国－当代
Ⅳ. ①I267

中国版本图书馆CIP数据核字(2022)第198578号

出 版 人：张 懿
责任编辑：周思仪
技术编辑：凌春梅
封面设计：八牛书装设计
版面设计：萨福书衣坊

书 名 月上东山
YUESHANG DONGSHAN
出版发行 花城出版社
（广州市环市东路水荫路11号）
经 销 全国新华书店
印 刷 广州市岭美文化科技有限公司
（广州市荔湾区花地大道南海南工商贸易区A栋）
开 本 880毫米×1230毫米 32开
印 张 6.25 2插页
字 数 125,000字
版 次 2023年1月第1版 2023年2月第2次印刷
定 价 49.00元

如发现印装质量问题，请直接与印刷厂联系调换。
购书热线：020-37604658 37602954
花城出版社网站：http://www.fcph.com.cn

目 录

客居广州

曾經滄海向同鐘开

旧物如友

2018年4月，因为工作原因，我们要把家搬到广州。在一个完全陌生的地方安一个新家，我想着尽可能把日常穿用的东西都带过去，一是用起来习惯、有感觉，旧衣如友嘛；二来也尽可能节省一些。

还有一些小物件，像竹木笔筒、"云龙"印石书镇，以及雕工挺好的木艺摆件等，尽管不是必备的穿用之物，多半有些老旧，但都陪伴过多年，我还是要带上的。这些小玩意儿，有回忆，有温度，有故事，它们在哪里，感觉家就在哪里。比如竹木笔筒，它是我的心爱之物。

在我眼里，这是一个很漂亮的笔筒。竹子做成的筒身，底盘和上盖，都是用木头做的，看上去拙拙的、敦敦实实的，特别招人喜欢。

自从有了这个笔筒，我常会想象它身上可能的故事。它一定是以前的文人赏玩的东西，因为在笔筒右侧的方格里，居然藏有一方木制的印。印文我请教了在博物馆工作的老同学，厦门大学考古专业毕业的，三十多年的老考古了。他很快回复："国色朝酣酒，天香夜染衣"。临了，他还加了一句，大意是这方印刻得不怎么样，匠气重，应该不是文人所刻。

我却觉得好玩得不得了，照着这两句印文就把这首诗给查出来了。原来这是唐朝一个叫李正封的人写的诗："国色朝酣酒，天香夜染衣。丹景春醉容，明月问归期。"它赞美的是牡丹。用"国色天香"来形容牡丹，是不是由这首诗定评叫开的？

越发觉得这个笔筒有意思，联想也丰富了：

制作这只笔筒的人是怎么想的，为什么用竹木组合？竹子本就是我的最爱，一捆竹片围成一圈，两头用实木固定起来，稳稳当当，自然之物，妙趣横生。一枚章子，更是别出心裁：切割出一个低一点的平面，留出一个方框，原来是为了做出一

我的笔筒

印文"国色朝酣酒，天香夜染衣"

我的木摆件

我的"云龙"印石书镇

个印盒，而掏出来的这个木块，四角磨出了一个小的三角边，又好看，又便于拿取。木块的一面保留平整，置于盒中与笔筒的底座融为一体，而选另一面治了印文，有印文的一面朝下，不会被磨损。这么小的印面，刻了这么多字，木头这么软，竟然还刻的是朱文。那样细的笔画，什么样的匠人如此手巧啊，我想一定是个木刻高手！

笔筒就笔筒，为什么边上要治一枚印，而不是雕一个人物或花鸟来造个景呢？一想，是为了方便随手钤印。这位主人应该是写大字的主儿，要不，怎么也不能用这么大的闲章。又一想，笔筒的主人一定爱喝酒，说不定还是个诗书画印俱能的大文豪，或者就是个风流倜傥的大才子，竟对牡丹花如此钟情！这个普通但有点文气的笔筒是在扬州淘的，那里很久以前曾是徽派文人墨客集聚之地。想这笔筒的主人曾是多么快乐，一定常邀三五好友一起把玩、共赏，"夜染衣""朝酤酒"吧！

看到这个笔筒，我便想起了陕西的几位同事，想起那个初夏的古城扬州之夜，想起晚上沿着古运河边走边聊，在马可·波罗铜像前听着他在这里当交通局长的传说，想起我们在东关街的古玩小铺讨价还价的往事。那天赶到扬州已是晚上十点多了，只有住处对面的小店还开着，摆在角落里的这件笔筒吸引了我的眼球，我立马走不动了——

　　这件宝贝跟着我从扬州到了西安，后来随我回到北京，现在又随我到了广州。一个笔筒，只是一件文具，材质普普通通，价钱也不贵，跟古玩更沾不上边，但我就是喜欢！

　　几个小物件都是我的宝贝。每天只要在桌前一坐，看看它们，我心里就暖暖的，就像在家一样。

2018年5月8日

来广东之前，朋友建议我多花点时间看看岭南画派的画，说不定就会对画有兴趣了。说来也巧，广州一位诗书画印都通的好友约我参观广东省东方现代美术馆。美术馆新布了一个画展，大多是藏家手中一些早期的画，比如关山月、赵少昂、黎雄才等名家的。

进馆后先是看画。我在一幅扇面画跟前站住了：尺幅这么小的画，却能看到绵延不绝的山山水水；满纸用的都是灰黑的笔墨，整幅画却放射出明亮的金光，好像能把房间都照亮。我

林伯墀作品

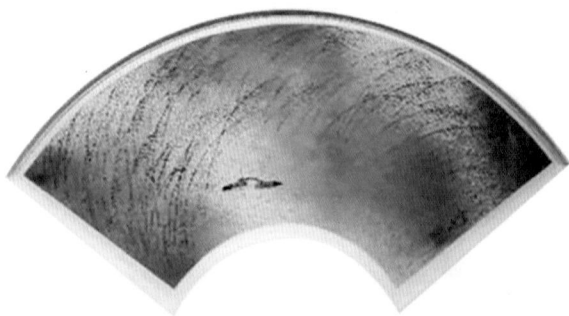

李劲堃作品：扇面《山水》

看了看右下方的铭牌，很低声地脱口而出："《山水》，李劲堃（fāng），画面好明亮啊！"陪我看画的一位女士不紧不慢地接着说："这幅画有味道，我也很喜欢。这是李劲堃（kūn）的画，他擅长画山水，在广东画坛很有名，现在是广州美院的院长。"

我听着她的介绍，慢慢从惶恐中缓过神来。帮我解围的女士真的是太暖心体贴了，她说得那么轻柔，让别人一点都听不出来她是在告诉我正确的读音，更看不出来她在帮我打圆场——敢来美术馆，却连大名鼎鼎的李劲堃都不知道——我一下子想到了不是有位名演员叫项堃吗？还有著名指挥家严良堃？唉，真是丢人！

在喜欢的书画前留了影，就和朋友们坐下来聊天了。朋友给我讲了讲画风意境什么的，看我真想听，就说了他观画的三个步骤：一是看，二是读，三是悟。去看画，从画面体悟到作画的人的用笔快慢、情绪起伏，甚至调色用的时间。朋友备了从老家拿来的上等好茶，我们几个边喝边聊，听他们介绍岭南画派的故事趣闻。

俗话说，"倒霉的事往往不止一桩"，我今天好像注定了不止丢一次人。

茶喝三泡后，情绪也高昂了很多，于是顺口就告诉朋友，我早上读了什么报纸，正好看了一篇介绍林伯墀（xī）的文章，大家"噢"了一下，也没有再讨论下去。

回到住处，赶紧一查，恍然大悟：当时我把"墀"说成xī时，他们要么没听懂我说的是谁，要么就是不好意思再纠正我了。"字念一半不算错"这话真坑人，这回真的认栽！

墀读作chí，指台阶上的空地，亦指台阶，本义是古代殿堂上经过涂饰的地面。林伯墀，1950年出生于越南，1978年移居澳大利亚，1980年任职墨尔本成人教育学院中国画导师后，开始了在南半球大洋洲的中国画教学生涯。林伯墀早年师承岭南画派大师赵少昂，1992年开始在澳大利亚创办澳洲岭南画会、澳洲国际书法联盟会、澳洲墨尔本南国画院，倾注心血培育无数华洋人才，成就了澳大利亚当地的中国彩墨艺术，将中国传统文化之精髓，植根于澳大利亚，并开放出绚丽的奇葩，成就卓著，是唯一一位获授"澳洲联邦建制百周年成就贡献勋章"的华裔画家。

堃读作kūn，本义同"坤"，堃是"坤"的异体字；用于人名和姓氏时是规范字。李劲堃，1958年出生于广州，2016年11月当选广东省美术家协会主席，兼任广东省文联专职副主席、岭南画派纪念馆馆长。李劲堃生于广东书画世家，父亲李国华是广东画院专职画家，师从黎雄才多年。良好的家学背景为李

李劲塈作品局部

劲堃奠定了艺术基础。作为画家,李劲堃专注于山水画艺术,多幅作品入选国家级美展并获奖,代表作有《大漠之暮》《淡淡花雨扑面来》《幻象》《良宵》等。"一个人能将一件事做到极致是一种缘分、一种福气",这是李先生的话。看来,这又是一位沉稳心和专注力堪称典范的艺术家。

岭南画家自是与众不同,名字中好像自带着诗与画。我这个书画外行,一个外来客,一不小心就"丢人"了。也好,丢一次人,长一次记性。这次我学乖了,事先做好功课后再去广东美术馆。眼下,正有一个大画家的作品在广东美术馆展出呢,这位画家的名字叫:林墉——墉(yōng)。

这回不能再把人家名字念错了!

2018年5月9日

林塘山水自传奇

独自步行去二沙岛广东美术馆，为的是看林塘画展。说来好笑，像这样郑重其事地、自觉自愿地到官方美术馆看画，还是平生第一次。

画对于我而言，只有喜欢和不喜欢、让我心动和不让我心动之分，其他的评价说不上来。古今中外的大画家也知道一些，关于画作的艺术价值和影响力大多是零零碎碎看报纸杂志得知的。对绘画的知识，既无先天的敏锐也无后天的教育，确实不懂。但对中国近代大画家的市场情况还是有一些了解的，这主要得益于对艺术品拍卖信息的大致了解，比如进入亿元俱乐部的那些名作。当然也在日积月累中萌生出那么一点感性的审美倾向，比如，我就很喜欢吴冠中的江南水乡画，喜欢黄宾虹的山水画，喜欢郑板桥的竹子画等。为什么喜欢，好在哪里，我说不清楚。做了一辈子粮食政策和行业管理工作，作为机关公务员和央企职员，"五加二""白加黑"地天天忙得四

画展照片墙

画展照片

脚朝天，有空时就补补觉、发发呆，哪有心思看画展呢？在京三十多年，沙滩的中国美术馆好像都没去过。现在好了，补补审美鉴赏课正是好时候！

照片墙的味道

进得展厅，就走在了两个黑白照片墙互应对望的艺术走廊中，瞬间被一种浓郁的历史感和神秘感所拥。我暗暗惊叹：策展人和布展人都是高手，一开场就做足了气氛，让人不由得走近那片墙。

一面墙，听画家在"说"。左面的墙上原来张贴的全是林墉先生的生活照，他在书房会友、聊天。这一组黑白照片，高高低低地摆着，像西安城墙的垛口似的排满了一面墙，全是连拍的照片，我边走边看电影似的。照片上的林老在投入地交谈着，表情很生动，而且一直用手比画着，连拍的照片感觉速度很快，有几张手掌的影像是飘忽和模糊的，极具动感。他身后的书柜里挂着各种照片，最清晰的那张小宝宝的照片，眼神跟林墉的眼神恰好是一个方向，也是一样透亮透亮的。走过这面墙，看完王璜生先生介绍的那些文字，我好像听到了林先生的心声："余笔下山水，出于胸中、心中。眼中所见，出之一二而已。非无眼，唯余有心胸也。故知余心胸者，也知余山水！"

一面墙，听画家在"画"。右面的墙，也是同样的黑白

林墉先生

照片，同样的城墙垛口式的排列，同样的连拍，沿墙走过，也同样像在看电影，一面墙好像都动了起来。照片所展示给我们的是画家的专注：画家在想，画家在笑，画家在唱歌，画家在舞蹈。画家的笔在山、石、云、树、古藤、杂花、野草、乱流中奔跑着，抒写着。当我看完了画展，再回看这面墙上的照片时，林墉先生手中的这支毛笔，"似笔还似非笔"，它好比一把"刻刀"啊，我听得见这"刀"在纸上游走的沙沙声，还有"刀"在天地山石间刀刻斧砍的铿锵声。

　　林墉，这个"墉"字还真的不寻常。据说今年76岁的林墉先生是第一次在广东本地官方的美术馆正式办个人画展，一开场便让黑白老照片站成古老城墙垛口的样子，厚重又平和，高冷又亲切。三个小时三大版块的主题画看下来，我只知道：我看见那些画里都是人，我听见那些画里都有声，我盯着看的印也藏着野趣童真！塘，就是城墙啊。想必林先生的祖上给他取名时，是希望他将来像城墙一样诚实、可靠、高耸而又坚不可摧！这名字中暗含了祖辈的希冀，或是画家与生俱来的豪迈天性！

画虽无言却诱人

林塘的山水画与我以前见过的不一样，看时好像不是真的山、真的水，看过后令人念念不忘的恰恰是山、是水！这位父辈的大画家，不知饱览过多少中外奇山异水，他早已把无数的山水刻在记忆深处了。五十多幅作品，群山也好，秃山也罢，激流也好，污潭也罢，树木也好，花草也罢，所有的模样，看上去都好像是从画家心里长出来、流出来的。

我把那些摄人魂魄的画面拍了下来，回到住处打开手机一张一张地回看，奇怪的是，在美术馆观画时的怦然心动找不到了。难道看画也跟在剧院听戏、听交响乐、听歌剧一样，需要进入现场的氛围感吗？明天，我再去，我要看看站立画前还能不能找回那种与画者同呼吸、共悲喜的心灵碰撞。

林墉画里"住着人"

看林墉的画作时，感慨道，什么山水画呀，我明明看得见每一幅画里都是人。各种各样的人，发着各种各样的声，所有的东西都是活的，山、石、花草、树木、溪流，都是生灵，每幅画里都住着"人"。

静静地站立画前，看着画面中的人物和生灵，好几次直想哭，这山水画竟惹人心碎落泪，让人感动莫名！忘不了那些眼神、那些人的姿态，好像画中的每一根线条、每一团笔墨都是生活中各色人等：看那孤独沉思的、相伴相依的、月宫对饮的，午夜访友的、母子团聚的、奔波谋生的、呼号求助的、指点迷津的……活灵活现，耐人寻味，给人无尽遐想。

有两幅画，明明是一组光秃的枯石，但我看着就是一群人，人人都披着宽大的衣裳，弯着腰，头低得快到地面了。他们到底是饥饿的难民，还是虔诚的教徒？石头那么硬、那么古，在画家笔下怎么看上去这样圆、这样软，以致我产生了幻象？

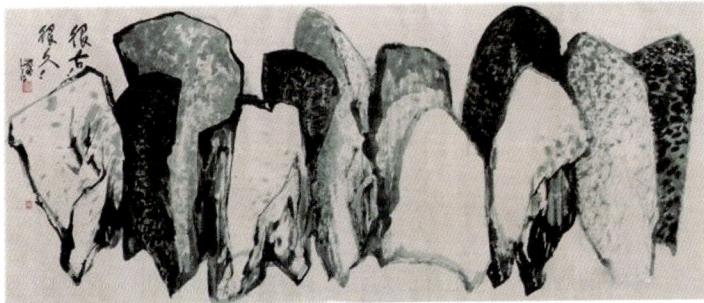

林墉作品《很古很久》

同样还有一幅巨石图，全是高高直立的石头，可稍往远处一站，凝神端详，就会看出那是一群人。画面的左上角有一只手在指着，最后的几位好像羞愧地低下了头。

有一幅题为《山水》的画，它明明有一只很大的眼睛！这眼睛不像《戴珍珠耳环的少女》那样充满着对生活的向往和对真爱的渴望，这只眼睛，像一只天眼，它洞察着天地，观照着生灵，好像在看什么人，竟把山变得不是山、水变得不是水！

还有另一幅《山水》。这画里恰好站着三个人，都蒙着面似的，像是在悄悄地、秘密地商量着什么，却又好像他们几个并不在一个话语的世界，有点逼真，亦有些迷幻。

林墉的画是能出声的。有的画让我听到了《欢乐颂》《祝酒歌》，有的让我想起歌剧《兰花花》中"真的假的"那段男女不停发问的对唱，还有的让我感受到《保卫黄河》那万人大合唱的气吞山河！有的画唱的是《三套车》，有的唱着《阿姐鼓》，有的则牵着我走进了悠远而深邃的《神秘园》。在一幅《一池荷花》的画面上，我看到了蓬勃生长的树和草，听到的是《九九艳阳天》；而有一幅《云在笑》，好像空中飘来最优美的那支《我爱你，中国》！

一组无言的对话

林墉的画是一组无言的对话。画在问，画在答。有几幅画的题跋，直接有问号，有感叹号，且看"过山问""我问蝉儿几时回？""鸟儿几时来？"。

这些震撼人灵魂的作品，所发出来的就是"天问"吧？仿佛是古人在发问，又仿佛后人在发问，而最多的发问之声来自那些生于斯、长于斯的人们：何时还我青山绿水？何时还我蓝天白云？何时重现原生态的模样？

林墉的画不只是出题发问，更可贵的是用画给出答案。君不见画家的那幅《白云与我有相约》，读了关于林墉先生的介绍才知，广州白云山是林墉先生的朝圣之地、悟道之地、康复之地呢。先生两次大病后曾连续十五年每天在白云山静观、休养。如今，这个相约应该超越了一己之私吧？林先生与生俱来的家国情怀一定是包含了万千苍生！

他的画让我们看到了更蓝、更高阔的天；从他的《春水如油》《无题》《山水》中，我们好像又见到了"江作青罗带，山如碧玉簪"似的青山绿水！还有石的巉峻、草的晨珠、松的印影、水的轻歌、云的留痕、流的涌波。画家笔下于是有了第一版块的"云山悦我""沉静之力""春动""云在笑"……

林墉先生的刀剑之笔，将禅师的悲悯、诗人的情怀和生活在贫富差距、环境污染、安全隐患下的芸芸众生的呐喊，幻化成一连串的叩问和呼唤、怀念和期盼；而代表平和的、变化的、昂扬的、壮美的画幅，是对新时代的讴歌，是对寻常百姓的祝福，也是对"三大攻坚战"的礼赞！

我不敢乱解林墉的画，更不想从政治的角度解读艺术作品，只是欣赏着，陶醉着。作为一个"奔六"的人，看76岁的父辈之作还会这么震撼和感动，它一定表达了时代的面貌和呼

林墉作品《云山悦我》

林墉作品《春水如油》

声，具有超越时代的生命力！在我眼里，林墉的作品就是时代的素描！这些画主要作于2015年至2017年，在这个时间段，一定有什么灵感触发了林老。我由衷地赞成这样的评价："霸悍、凌厉、无所顾忌、充满力量、活力迸发、气势磅礴；坚守艺术理想，对祖国饱含深情；创作紧随时代，个人理想与国家理想一脉相连，执着而可爱。"我的脑海里自然而然蹦出一句话：林墉的创作绝对具有史学意义，他的新山水画已成传奇！

2018年5月11日

大师用印

妙趣生

欣赏林墉大师的山水，我最关注的是印。为了看清楚用印，我跑了三趟"似山还似非山"画展。五十多幅画，用的印不出十方，用得最多的两方印，一是"林墉"，一是"大吉"。

"林墉"之妙

这方白文印很美，画展标题"似山"二字的下方，用的就是这一方。

整个画展中作者本人的名印，基本上没有换，但一场画展下来，我仍然感觉到用印的变化。

林大师的款只题名不题姓，一个大大的"墉"字，或朴茂，或敦厚，或凝重，或飘逸，字无论大小，皆可见汉魏古风。这里变化的是款识。

　　题的款中还有15、16、17、18这些数字。第一次看时有些迷糊，以为这些数字是用来排序的，但很多又是相同的。待读了画展介绍才恍然大悟，标注的数字应是作画的年份，算来该是画家这三四年的作品吧。这里变化的是时间！

　　钤印位置也是很有趣，大多钤于字下方，有的盖在字的一边，少见的一幅，字在印下。最奇的还有几幅画的印和款都是卧姿！《云静来》的题款用了两处：一处是题在画的左上方，另一款却卧题画中。卧钤印于画中，好奇妙！这里变化的是位置。

　　因为有了这些变，林墉先生山水画的款识印便妙不可言了。

"大吉"之妙

印文"大吉"，吉语，自古入印者众。

妙在印面。林塘先生的"大吉"朱文印，刻得十分可爱，大字如"天"，底边似"地"，人在天地之间，仁者可乐山，智者可乐水，好不愉快开心！

"吉"字印如同人的笑脸，笑眉笑眼的，笑得合不拢嘴。"口"字的下边刻成圆弧形，多么像人圆圆的下巴，象征着吉祥、福气。这一笔，就是行内人所称的"印眼"吧！

"大吉"用得也讲究，几乎钤盖于所有的作品。有的用于压角，有的用于引首，还有的与其他闲章联用。最奇的是钤在画中，卧于树木山水之间。看这一幅《半夜一瞬》，画家好像听到了好消息从远方传来，兴之所至，提笔画来，气贯笔尖。

林塘作品《半夜一瞬》

画中的每个树枝都在跳舞，每朵花儿都在浅唱。然余兴未尽，拿出自己最中意的"大吉"之印，在右上角作为引首，与画的左下方压角章"九九艳阳天"遥相呼应，一唱一和。画家也许是边画边哼曲儿呢！这瞬间的感动就是大吉！

"大吉"之印，闲章不"闲"，如画龙点睛，它钤盖在哪儿，哪儿便灵动，哪儿便闪亮，哪儿便神奇！

闲章之妙

我看到一些画钤盖了各式各样的印。有些印文看了半天，不懂刻的是什么字，请教我的老师后才知道，原来它们刻的是"九九艳阳天""留我良心一寸地""韩江竹影""傻乎乎""抱山为峰""平常心"……

读懂了这些印文，也就与画家的心更近了一步。当这些字破题后，我笑了。再回到画前，想到画家当时用那一方印，去配那一幅画，不仅是艺术的创作，更是情感的宣泄。林墉先生曾说自己除了画画，没有别的本事，就是画得真诚。看了林先生的这些画作，我眼中的他绝不仅仅是一位艺术家，他有与生俱来的家国情怀，有着对祖国山山水水的迷恋，有着对子孙后代的博爱，他"小意思里"展示的是大天地、高境界。

"抱山为峰""九九艳阳天"，想表达什么？山水林田湖是一个生命共同体，人的命脉在田，田的命脉在水，水的命脉在山，山的命脉在土，土的命脉在树。人类如果尊重自然、顺应自然、保护自然，变大开发为大保护，还自然以宁静、和谐、美丽，蓝天白云、青山绿水才是美丽中国，才是留给子孙的大好河山。小小一枚印章表达的却是家国情怀。

"留我良心一寸地"，想表达什么？我们的国家人口多，用地少，在工业化和城镇化快速发展的时候，人地矛盾在加剧，耕地能守住吗？老百姓的饭碗能保住吗？手中有粮，心中才不慌，为了粮食安全，国家明确了必须坚守18亿亩耕地红线，并作为一项基本国策。要把最优质、最精华、生产能力最好的耕地划为永久农田，确保谷物基本自给、口粮绝对安全，把中国人的饭碗始终端在中国人自己的手上。小小印章表达的是人间大爱。

好画配好印，方成妙品、逸品。别看印小，想那方寸之间，竟是气象万千！林埔先生的《似山》山水之印，靠的是一瞬之念，仿佛天降灵感，画、跋、款、印交相呼应、妙趣横生。

要是不把这些印看活了，他日又怎知此画是真！

2018年5月16日

「鹏飞」大展

丘石先生预告："不逾矩不——韩天衡书画印展"暨公共艺术讲座即将亮相深圳。韩先生七十多年艺术生涯回顾展自2015年开始，已经在杭州、武汉、上海、澳门等地陆续办展8次，深圳是第九站，由上海市委宣传部和深圳市委宣传部联合主办，是展品最为丰富的一次大展，或将是收官之展，届时将展出韩先生从1960年至2018年近300件精品力作、艺术专著130余种。

像出差一样，我一个人拖着拉杆箱，搭乘广州南至深圳高铁，一小时就到了。尽管下车时深圳大雨滂沱，因有同学夫妇冒雨接站，感觉亲切又顺利。

展览在深圳市当代艺术与城市规划馆，规划馆大厅搭设了临时公共艺术演讲课堂，韩先生就在这里做《我的鉴赏观》演讲。朋友去得早，替我占了一个座位。韩老师讲了两个多小时，中场只休息了五分钟。我们换了三次座位才终于坐到了最前排，想靠老师更近些。

老师讲到艺术鉴赏的"眼力"时，打了个比方：几个小孩上下楼梯，做父母的只要听脚步声，就能断定这是老大还是老二，根本不需看孩子的面孔才认得准。"眼力"是凭经验和直感做出的判断力。这样深入浅出的讲课，加上先生信手拈来的生动有趣的故事，非常吸引人。陆续来的观众没有座位也会里三层外三层地围着一直站着听完。韩老师给的三点建议可谓艺术品鉴赏真经。他说，要特别关注独特而稀有的作品，特别关注经得起咀嚼、有文化内涵的作品，特别关注下了真功夫的、不是为人民币而生产的、认真负责的那些艺术家的精品力作。韩老师的演讲娓娓道来、语重心长，是和蔼长者的谆谆教诲，听众好似醍醐灌顶、甘露洒心。讲座后提问不断，现场气氛热烈。离场时，韩先生被"韩流"的追随者们团团围住。粉丝们珍惜每一分每一秒抢着跟大师交流，希望与大师更多一点接触，倾听更多、更具体的指导点拨。

最想一睹为快的是"韩印"。印章，方寸之间却有气象万千，孙慰祖老师称它为"文人生活的独语空间"。我们沿着展柜一一品读，用心欣赏每一方印的印文、边款、印纽、薄意雕。有一年多时间，我不止一次到西泠印社参观那些名震天下的馆藏印，也见过各类博物馆的古玺印，通读过历代印史、印论，常翻阅吴昌硕印谱、赵熊《与古为徒》印谱及多位当代名家的印谱，随身常带喜欢的小印，对印学、印章有着特殊的爱好。但当我一下子观赏韩先生几十年的印作真品、精品时，还是感觉十分震撼。好比进入了篆刻时光隧道，体悟大师历经岁月的磨砺与成长。我看到1984年的《奇崛》、1985年的《百乐斋主》、2000年的《悍秀》，看到2012年的《豆叟》和《蒸蒸日上》、2016年的《心畅》、2017年的《如意》、2018年的《文心在兹》……

老师的每一枚印章，都是一个独立而完整、计白当黑、令人咀嚼的艺术世界，即使那些刻在普通石料上的早期印品，印文面貌也是满含古韵、不同凡响、一印一面、百印百姿。面对这一方方小小印章，大师该是经过了怎样的摹古创新、上下求索、辛苦煎熬，才会达到现在的程度？我不免深为感动，久久不肯离去。没有坚定的信念，哪来游刃如神？治印人生，功夫皆在印外。人称韩天衡治印"高古典雅、气势磅礴"，特别是他的鸟虫篆，具有前无古人的穿透性。端详放大的"蒸蒸日上""如意"的印拓，柔中见刚，针头细的线条，却刚劲坚利、力挺千钧；动中有静，任你风起云涌，我自岿然不动。那一刻我甚至贪婪地想，如果能拥有哪怕一方"韩印"在手，该多好啊！

走出展厅回望，洋洋洒洒300件书画印的陈列展厅不就像一方立体的"韩印"吗？"鹏飞"如印纽；两侧铺排的印拓、泼彩绘画、草篆书法是边款、薄意；最深处的磅礴印石展群正是气象万千的印面；而印石的质地完全浸润，脱胎于纵贯展厅中轴线的国学文化。辛尘教授称韩天衡的出现是当代篆刻复兴的第一个标志；马欣乐先生说韩天衡刻印，洗炼方寸之石，上下千年，纵横万里，一一熔铸古今，变化天地。20世纪70年代，

韩天衡及其书法作品《鹏飞》

国内画坛的名家无不以得韩天衡一印为快事，因为他的篆刻能够提升书画作品的精神气质，让一幅作品愈加完美。"韩印"就是这样与众不同！展厅竟然也做成了印的模样，如此卓尔不群，有此一观，心满意足！

再一回望，"鹏飞"二字带活了整个展览。展览如一只鹏鸟般英气十足，御风而行！它的头昂然挺立，英姿勃发。我不由自主地再进展厅，静立"中兴"之侧，向一面墙的画面望去，再闭目谛听，似有仙鹤灵鸟，它无处不在、无时不在，它们在飞翔、在歌唱，带来了超越时空的顽强生命和自由搏击的精神，带来了真情充溢、神完气足的诗境。它那似有若无的红额、三角的又长又尖的喙、椭圆的眼、楔状的头、梯状的背、细长精瘦的腿，跳跃在竹林、树下、花间、枝头，它像仙鹤，它一定是鸟的精灵。我想，它应该是画家心中的图腾，我且称它为"韩鹤"吧。韩老师如刻刀一样的画笔赋予了这只神鸟英武的精神！

透过"韩鹤"和它所依存的一幅幅鲜活画面，我们惊喜地看到，韩老师机敏地打通了篆刻与绘画、书法的薄壁，带给观众完全不一样的惊艳画面。那一刻，我不觉神游千里、跨越时空，思绪在雄奇壮美的大自然、天地万物、宇宙乾坤中来回穿梭，时而又回到人生、人格、审美这类主题中来。

观展归来，余兴未尽，一杯清茶相伴，终日闭门不出，我抱着不同版本的韩天衡作品集反复咀嚼细品。我不学书法，也不画画，更不懂篆刻，外行如我，却一点也不影响品读艺术作品，一点也不影响审美情趣。

看展，为的就是寻找美学感受，提升审美层次。如同去剧场看戏、在音乐厅听布切里，要的是现场感。我追踪韩天衡艺术展，一是受他勤奋刻苦、不懈奋斗的故事感召。先生23岁之前已经临摹汉印3000方，年轻时翻遍上海图书馆700多册、西泠印社500多种，总共2500多份林林总总的篆刻印学资料。不经一番寒彻骨，怎得梅花扑鼻香！韩先生的成功是苦学苦干、不懈奋斗得来的！这是我所崇拜敬佩的。一是受朋友和评论影响。丘石先生《煮石问艺》中介绍了韩天衡先生。后读到徐建融教授的评论："在书画上，是五百年来一大千；在篆刻上，则是五百年来一天衡！"业界更有赵之谦、吴昌硕、齐白石、韩天衡"当代篆刻四大家"的说法。能见一见本人，看一看实物，听一听大师讲座，既可欣赏当代篆刻最高水平的珍品，又可向大师面对面请教，享受一场海派艺术盛宴，便乐不可支。

这次身临其境看展，我感受到了一次中兴、鹏飞、蒸蒸日上、融通四海、公共艺术普及的教育，感受到了祖国优秀传统文化厚重底蕴焕发出的时代活力。记得那天我们向韩老师表达敬意时，他温和谦逊地说："我还要不断学习，不断地吸收，才能老勿自缚、老则不萎、老而弥坚、老有所得、老去无悔；我有自知之明，就这点能耐，铁难成钢，水准平平，期待大家指教和攻错。"老师特别强调，以前是一点点"学"过来的，今后还将这般地"学"下去。为人一世，"学"字是不能去身的。听了这番话，不觉脸红。老师是我父辈之人，已七十有九，还这样的谦虚，这样的看重学习！从前只知"君子无故，玉不去身"，如今方知"学"不去身何其重要、何其难得！

看展一次，受益良多，丘石先生说过："韩天衡绝对不是那种过眼云烟式的人物。"所言极是。感谢丘石！我想，如果我这一次错过了大展，一定会后悔很长时间！好在韩老师豁达，他认为"再好的东西你个人也带不走，捐出来，让大家都可以欣赏"。故当下，韩天衡的作品及珍藏的书画印、古董共1000余件还可在上海嘉定的韩天衡美术馆看到。

2018年

逍遥一日
在荔湾的

泮溪酒家用午茶

几十年不见的大哥两口子很好客，一定要在泮溪酒家请我喝午茶。

嫂子开车送我们在店门前不远处下车，让我俩进店找座，她去停车。我走了几步抬头便看见"泮溪酒家"的大招牌。谢大哥在前面引路，喜悦地说："快进吧，这是国家认证的老字号饮食店了，国营店，广州人喝茶、聚餐、婚庆、祝寿什么的，喜欢在这里摆席。"

一进门便看见最惹眼的招牌：1993年，国内贸易部授予泮溪酒家"中华老字号"牌匾；1998年，国家国内贸易局批准"国家特级酒家"称号。作为在商业部和国内贸易部工作多年的老职员，我看见这样的牌子，像见到亲人一样，倍觉亲切温暖。

泮溪酒家正门

穿过前厅，绕过屏风，里边别有洞天啊！檐廊弯弯，庭院深深，亭台楼阁、水榭歌台、门泊古船，完全是一派南方园林的格局。有人在小桥上对着美景拍照；有人在长椅上歇息、聊天；有一对衣着古雅、举止不俗的老先生老太太手挽着手，优雅地低声地边走边谈；有一拨人站在庭院里，互相簇拥着，他们用广东话铿锵地说着，笑着。这个园林味十足的酒家，门里门外两重天，我好像穿越到了古时大户人家的神秘花园。

我跟着大哥走进"中国园"的大厅里，只有三个人，我们就在一侧的卡座找了个位置。我在大哥对面坐下来，商量完点茶、点菜的事儿后，我赶紧拿着手机对着四周兴奋地拍个不停，又拿来酒家的介绍赶紧看，最主要的，还是要听他们两位讲讲泮溪的故事。嫂子一进来第一句话就是"怎么不去船厅啊，那里可以看风景"。大哥嘻嘻一笑，我忙说："这里的环境最有特色，我非常喜欢。"

"食在广东"，一点都不假，泮溪让我领略了最正宗的午茶和粤菜，味蕾的记忆深埋，不知哪天它会牵着我再来。

酒家传奇

泮溪酒家有历史有来头。相传是1000多年前五代十国南汉皇帝刘䶮的御花园"昌华苑"的故地，也是昔日的"白荷红荔、五秀飘香"的"荔枝湾"。1947年粤人李文伦、李声铿父子，看上了这片"古之花坞"，决定在这上面创办一家充满乡野风情的小酒家。酒家的取名饶有意思，因这片花坞地处泮塘，恰好附近有五条小溪，其中的一条名叫"泮溪"，李先生的小酒家就直接以"泮溪"来命名了。

当时的泮溪酒家完全是一副原生态的模样，就地采用荔枝湾附近的竹木松皮搭盖于荷塘之上，实际上就是个大棚寮。刚开始只有40多个伙计，座位约200个。小酒家虽然简陋，但李氏父子悉心经营，以地道的风味为号召，特色鲜明，口碑甚佳，引得不少食客专程前来品尝，渐渐地，名气越来越大。用天然材料土法建造的大棚寮，充满了乡野风情、田园气息，令人感觉逍遥、浪漫，渐渐地成了知识分子、文化人士相约聊天、饮食聚会的好地方。不长时间，小小的乡野酒家，生意兴隆，声誉广为传播，到新中国成立初年，泮溪已是方圆几十里很有些知名度的酒家了。

店名换过又复回。泮溪酒家大门上墨绿色洒金牌匾还是当年朱光市长留下的墨宝。"文革"时，差点被砸了，幸好老员工发挥集体智慧，找来了几块木板，写上"友谊饭店"盖在上面，泮溪酒家就成了友谊饭店。1972年，尼泊尔首相比斯塔访华，指名道姓提出要到泮溪酒家。有关部门考虑再三，只得将友谊饭店一夜之间恢复为泮溪酒家，直至现在。

新中国成立后的泮溪酒家名声更响。厨师在全国烹饪大赛上获金奖无数，参加国际烹饪比赛不停地收金纳银。最厉害的是泮溪酒家有全国最佳点心师。20世纪60年代，以罗坤为主的团队开创了"点心筵席"，从此推广到全国各大城市的饮食界。改革开放后，广州市人民政府还命名了八大点心，它们是：绿茵白兔饺、像生雪梨果、鹌鹑千层酥、蜂巢蛋黄角、灌汤生煎包、晶莹明虾甫、泮塘马蹄糕、清香莘叶角。现在更有"八仙宴""花仙宴""西关风情宴""象形点心宴"等特色宴席脍炙人口。光听这些名字，就让人心驰神往、垂涎三尺了！

还有一个科尔牛柳菜谱的小小传奇。1993年11月的一个晚上，德国总理科尔率团来穗洽谈地铁工程项目时，他没有作任何预先通知，突然来到了泮溪，要看看民情。科尔先生在酒家转了一圈后，谢绝了酒家应急为他备出的贵宾房，挑选了满是群众、热闹非凡的碧波大厅就座。他像常客一样，看菜谱点了几个粤菜，并提出想吃一道用水果、洋葱、辣椒、牛肉做成的带酸味的菜。

泮溪酒家的厨师真不是吹的，他们在科尔总理的指导下，迅速配出了甜酸（糖醋）口味的咕噜牛柳。科尔先生品尝后，大声称赞"OK",兴高采烈地要求再加一份。以后,泮溪的厨师们便把此菜称为"科尔牛柳",这道特色菜从此入了菜谱,不少人专程来泮溪,为的就是品尝科尔牛柳。

岭南老风物

　　泮溪酒家的园林是由著名园林建筑设计专家、中科院院士莫伯治设计并主持改建的。听说为突出岭南庭园的装饰风格,当时的政府领导和专家下决心派人寻找岭南风格木雕檐楣、泛金套色花窗尺画、年代久远的古玩饰物。想看岭南老风物,可在泮溪酒家一饱眼福,这里俨然一个小规模岭南艺术馆。

　　午茶午饭过后,漫步于泮溪酒家,那些清代套色满洲花窗、双面雕三重雕四重雕的南粤古代木雕檐楣、色彩斑斓的玻璃屏风,还有来自明清时期的家具、灯具、摆件,都是罕见的

艺术极品。几组园林也都显耀着民族的睿智，如出自广东山石名家布谷生、布汉生家族的大型假山，是依据《东坡游赤壁》的图谱而建造的，门、廊、柱、窗的装饰完全是岭南格调，上面的书画精品让人叹为观止。

这些古色古香的艺术珍品，给泮溪酒家增添了无穷的韵味和价值，难怪泮溪酒家至今仍然保持全国最大园林酒家的地位。深厚的文化积淀和珍贵的艺术品收藏，使泮溪酒家无愧于她的声誉。这里的环境太漂亮了，我抓拍了很多照片，挑最具特色的岭南风格玻璃花窗拼贴在一起，走出来的时候，嫂子还没忘记她的遗憾呢："下次来，咱们换船舱的餐位。"

荔湾的小店

出得酒家大门，沿着泮溪一路上行，走进一个古玩小店。我指着墙上装裱过的"衮雪"拓片，问老板："这大概是什么时间的东西？"谁知这一问，老板激动起来，一口气给我们普及了不少知识：

"我这个拓片是真的原拓啊！我曾在汉中待过一年，当时博物馆需要做个事情，没有人去做，我就去做了。馆长看我实诚，就送了我一张，他总共就两张。这块石刻可是国宝啊。汉中博物馆还有12块国宝。这些宝贝是在石门洞外边的，跟着石门里的《石门颂》《石门铭》一起切出来，挪到汉中博物馆。"

坐在店里的一位老先生听他说到这儿，马上问了一句："你说的是哪个博物馆？"老板果断地回答："是汉中博物馆！这些石刻早就用玻璃死死地封上了，谁都不能打开，国家要保护这些文物，不能让它们风化。所以，现在这种拓片也没有了。"

看"衮雪"写得多好啊！传说是曹操留下来的唯一的真迹。再看下面的款，写的是"魏王"，这两个字简直不能和"衮雪"相提并论，那可不是曹操写的，哪有叫自己魏王的？

我问他："这个你出手吗？"

他摇头说："这个拓片不卖，自己留的。我非常喜欢，要一直挂着。"

看我们几个挺愿意听他说话的，他又继续说下去：

"现在的年轻人不懂这个，有的还问我：'老板你在店里挂这个"衮雪"，是不是希望你的小店财源滚滚啊？'这是哪里和哪里？现在的学生啊，知行不一，他们没有实践。"

一旁的老先生手里拿着一本书，他说他时常来小店坐坐，与老板聊天。店老板向我们介绍说，这位老先生可是不得了的名家，是中外有名的中医专家，对丹毒的治疗在国际上是最有

沙面乐队 付娆 | 绘

名的。我一看小书，原来是一本篆体字学习读本。老先生见我
看着他，忙说："这是老板看的，不是我的。"

聊了半天，我们什么也没买。大哥不好意思，花10元买了
一把小梳子。我们开开心心地出得店来，回过头看看，只见有

一块牌子上用毛笔写的几行字：

　　　　明月清风远山近水都是缘，
　　　　欢迎进来鄙店吹水闲聊，
　　　　我妈说："四海之内皆兄妹。"

　　看这几句话，就"吹水"两字，我和同伴已笑弯了腰。
　　一个小小店铺的老板，跟我聊了那么多关于汉中、书法、石刻、拓片，关于年轻人、传统文化的内容，他还跟老专家玩成了朋友，最要命的是他讲得好，很投入、很认真、很有激情，他打动了我。要不是有人对我千叮咛万嘱咐"只逛不买"，我肯定会抱个崖柏根雕回家了——为了记住这个能说会道又有趣儿的店主。

逍遥的荔湾

　　告别了小店，我们仨沿着荔枝湾继续前行。眼前一个接一个的特色小食摊，卖货的妹妹们又漂亮又客气，说话文文雅雅的。我暗暗地想着，下次来这儿，就一路品尝过去，慢悠悠地走，看看人，看看景，既饱眼福，也饱口福，岂不逍遥自在？
　　快走到荔枝湾的那一头时，我们被高亢激昂的歌声吸引了。只见好多人坐在一棵大榕树下看戏，原来，前面是荔枝湾大戏台。听戏的应该大多是老戏迷，旁若无人、痴痴迷迷地，有的还跟着哼，定是常客。还有不少路过的人，用手机把这场景拍下来。我也算是个戏剧爱好者，尽管听不懂广东话，但还是被那种如诉如泣的曲调打动。特别是在榕树底下听戏，免费观赏，自由自在，别有情趣。

听了一会儿戏，回了一下头，看见好多人挥舞着长飘带，五彩的很好看，又能活动臂膀。回家后，我每天都会舞一阵飘带，向左100下，向右100下，向前向后打圈再100下，每次舞动，我就想起在泮溪度过的逍遥的一天。

逍遥的泮溪！充满诱惑的荔湾！不久前老乡同学来电话，邀我去西关走走，中午就在泮溪"叹"个午茶。

那还用问吗！西关、泮溪、荔湾湖、荔枝湾的诱惑难以抵挡，我当然是翘首以待啦！

2018年6月12日

师姐请我叹早茶

广东早茶是出了名的，广州人爱喝早茶也是出了名的。师姐请我，为的是让我体会老广的叹早茶。

何谓叹早茶？为什么不是吃早茶、喝早茶、品早茶、用早茶，而是"叹"早茶？

叹早茶，就是慢悠悠地品尝茶呀，点心呀，不为吃，只为享受我们的快乐时光。师姐师兄两人领着我走进了白天鹅宾馆二楼宏图府餐厅，甫一落座就一唱一和地讲给我听。

叹的是风味

早茶早茶，当然得先喝茶。早上空腹，泡壶小青柑普洱茶最合适。广东新会产的正宗青柑，内嵌上等熟普，清湿热又不寒凉，正适合我们用。师兄师姐两口子看着茶点单，一个样儿

付娆 | 绘

一个样儿地点，边点边征求我意见，最后定了榄仁沙琪玛、虾饺、干蒸鱼子烧卖、桂茶晶糕等六道点心和一道白灼菜心。

第一个上来的是沙琪玛，三粒，每人一粒。松软、糯香、温暖。虾饺的样子与别处不同，饺子皮更筋道、虾肉更弹牙且有淡淡鲜甜。更有一份黑绿绿的晶糕一样的点心，吃起来好像龟苓膏，中间透明的夹层有我最爱闻的桂花，吃到嘴里不是很甜，但回味良久。每一道茶点的造型和上面的小配花都精致无比，未曾尝味已迷眼，盘子一端上桌，我和师姐的眼睛就好像被点亮了，拿着手机先拍照，再动筷。慢慢地将点心送入口中，细嚼慢品，体会每一块点心的奇妙。在这里吃到的每一块点心，都无比精致爽口，那种广东早茶的感觉是我从未体验过的。

叹的是情趣和似水年华

今天不喝粥、不吃凤爪、不上肠粉、不来金钱肚，秉持的恰是"一盅两件"的老广东传统，只不过，这茶是融合了广东和云南山林之精华的养生茶，盅是中国好瓷精绘梅兰竹菊的好食器，餐食是号称广东早茶第一王牌的白天鹅精美点心。老同学相聚添了几件才有气氛。早茶环境更是独一无二的优美，整面落地窗对着白鹅潭的大堂，宽敞明亮，食客满座却安静怡人。优雅的中老年女士披着漂亮的披肩，男士们绅士的笑容随处可见。师姐告诉我，一般在广州叹早茶的，大多是退休的老人、老友或老同学，不谈公事，不谈生意，暂时忘掉时间，就这么坐着聊聊，品品茶，尝尝糕点，不在多少，而在于感受早茶氛围。

我问师姐："昨天接你电话时我的心就怦了一下，怎么会有这样的心灵感应？"这几天我一直想来白天鹅看看的。1985年南京一别，后来在北京西单商业部大楼见过一面，一晃几十年不见，想不到师姐会约我到白天鹅。"我俩也正想着来白天鹅喝个早茶，新装修后还没来过。你来广州了，我们就是要请最好的朋友到最好的地方来品尝广州人眼里最好的早茶。广州人有福气，有（白）云山、珠水，真是一块宝地呢，你住一阵子，一定会喜欢上广州的。"

我面前的师姐，一副东道主派头，自豪的口气，好像说她家的事。我们尽情地叹叙，从房子聊到老人、孩子，聊到自己家、公婆家，聊当年上学的事，聊我们各自在两地的生活日常，聊学生时代，聊老师和同学。当年师姐分配到广州，师兄调到广东来，也经历过两地分居。这些年，有时师兄外出打拼，只有师姐打理家庭，他们在广州也是聚少离多，但几十年来相濡以沫，相亲相爱，敬老爱幼，热爱生活。让我最惊喜的是，师姐业余时间参加合唱团和歌剧课的排练，是广铁爱乐合唱团的骨干，20多年没有间断。师姐古道热肠，还主办了"合唱歌剧家园"微信公众号，经常用"春妮儿"和"漂亮小子"做笔名写写文章，书写演唱中的点点滴滴。师姐的爱好还影响了师兄，现在，两人一起唱歌、一起在网上抢票"睇大戏"。当年在学校就多才多艺、能歌善舞的师姐活出了最本真的自己、最精彩的自己，如此淡定的喜乐年华，让我羡慕不已。

师兄面对两个大大咧咧、有着说不完的话的师姐妹，很有兴致地听着，不时地倒茶、让菜，他儒雅谦和，一如学生时代的气质，难怪师姐当我面直说师兄情商高。夸得真到位！虽说是师兄师姐，其实我比他俩都大，在学校时我们经常编队在一起唱啊跳啊的，如今相聚，依然志趣相投，情怀未改。叙叙似水年华，品味珍馐美馔，让人春风拂面，让人忘了时光。白鹅潭实在太让人喜欢了，师姐硬是拉着我站在餐厅的落地玻璃前，要师兄给我俩拍张照，外面背景就是神奇壮美的白鹅潭。

早茶　付娆 | 绘

叹不够的老广情怀

　　借着在白天鹅喝早茶，顺便游览了白天鹅宾馆。我对白天鹅向往好久了，过去30年里多次出差到广东，总是不凑巧，一直无缘见识，今天得见，喜不自禁。一番叹茶后，我们俩女生心满意足又有点儿恋恋不舍地走出餐厅，身边一拨拨老人和孩子、衣着时尚的年轻人，三三两两的，有的还端着"长枪短炮"，不时地对着各处拍照。

　　关于白天鹅宾馆，师兄如数家珍地介绍，白天鹅宾馆是国家在改革开放的试验田播下的种子，是我国对外开放后第一家中外合作经营的宾馆，我国第一家由中国人自行设计、施工、管理的大型现代化酒店，我国第一家五星级酒店，还是我国第一家被世界一流酒店组织接纳为成员的酒店。自1983年开业后一时风头无两，可以说是光耀国门。一个宾馆好像一个时代标志，打开了看世界和看中国的一扇窗。白天鹅接待过160多位元首和王室成员，1986年英国女王来访还在白天鹅吃过烤乳猪呢。白天鹅进行了3年多的全面升级改造。最初霍英东先生建白天鹅时承诺，不破坏沙面岛环境，不占用沙面岛的地，在沙面岛以外的江面围堰造地，把酒店建在江上。因为建筑"长"在江面上，根基受江水多年冲击侵蚀，原来的旧桩都不能再用了，听说补了2000多根桩才把白天鹅重新撑起来。

广东人特别务实，新的设计既节约又奢华，真不简单。师兄师姐引着我走向宾馆中庭，只见一泓清流通过假山峭壁绿树飞流直下，水花四溅——这就是寓意着悠悠故乡水、浓浓故乡情的著名岭南园林景观"故乡水"！据说30多年前霍英东先生一定要在大堂造一个山水景致，表达思念故乡的情怀，而且取名"故乡水"。

师姐举着手机比画了又比画，指着一个位置说："你站这儿，后面有山有流，前面有35年纪念标和白天鹅造型，这个景好。"于是，我们各种组合、各种造型热闹了好一会儿，这才告别了"故乡水"。我们随后来到前厅，与鲜艳灿烂的向日葵也合了影。溜达到酒店大堂，著名画家林墉的巨幅画作《岭南春早》出现在眼前，又是一个大大的惊喜！环顾和眺望整个白天鹅、白鹅潭，我忽然有点触动，无论岭南画风、岭南音乐，还是岭南装饰和建筑，这些岭南文化的载体都带着极强的标识度，到处都能感受到"融会古今、折中中西"的主旋律。要跟白天鹅再见了，师姐满怀深情地感叹一句："白天鹅，那是广州人的骄傲和情怀！"

广州人叹早茶，舒畅至极，写意至极。而选在白天鹅叹一回，更是有腔调，有闲情，有雅趣。茶食的味道、品评的味道、览景的味道，都是独一无二的。我能想到的早茶，也只有古城扬州冶春茶社的早茶了，意境好相似，滋味却不同。师姐请我叹的这一回早茶，是可以让我回味多年的。

2018年5月31日

蚝壳墙与范公堤

一

从小到大，见过各种各样的墙。

小时候住过的土墙、砖墙、石灰墙，在陕西见过的古代夯土墙、陈炉古镇的陶瓷罐罐墙，现代各种建筑材料做成的水泥墙、石材墙、混合材料墙、玻璃幕墙……

不久前师弟从北京回广州探亲，带我来到广州番禺最具岭南文化特色的沙湾古镇，我平生第一次见到了用有机体材料——生蚝壳砌成的墙。

沿着安宁西街，绕过一处古井，一堵数十平方米大的墙面出现在眼前，贝壳一排一排有规则地码着，层层叠叠、凹凹凸凸、深深浅浅、整整齐齐的，师弟说这就是岭南特有的"蚝壳墙"。在沙湾古镇，不时可见蚝壳墙排列在街道两旁。当地人告诉我们，这些并不是古代遗留的蚝壳墙，而是新砌的墙，古

沙湾古镇的蚝壳墙

老的蚝壳墙在深巷中。

我们终于在一个叫作"留春别院"的地方看到一面古老的蚝壳墙。高高的院墙，密密麻麻铺满整齐巨大的蚝壳。由于年代久远，蚝壳有些发黑，整墙间有斑驳脱落的痕迹，这是一面200岁的老"蚝墙"。在大岭村两塘公祠见到的蚝壳墙最为古老，已有600年历史。据说，海珠区还有一间蚝屋已逾千年！

广州蚝壳屋曾经多达百余间，20世纪50年代末期，蚝壳屋被拆掉不少，只有少数归私人拥有的幸存了下来。但现在有的被闲置，有的已成危房。沙湾古镇留耕堂、大岭村两塘公祠的蚝壳屋保存较为完好，因为它们是宗族感情安放的地方，所以能够得到上好的保护和修缮。

二

南宋前，沙湾仅是一个面临浩瀚大海的小乡村，恰好处于广东省最大的内陆河——西江的出海口，这里属浅滩环境，海产极为丰饶，最常见的便是野生蚝。番禺历史上曾发生过四次海退，古时大海海岸位置就在这里。

海岸线后退了，沧海变桑田，就成了三角洲。珠江三角洲形成了沉积了海陆交互的砂、砾、泥质夹腐殖层及蚝壳层，沿海分布着不少蚝矿带。

古番禺人这样描绘蚝：蠔，即牡蛎也。中有肉，随其房大小，有高四五尺者，水底见之如山岸，呼为蠔山。

蠔高如山，难怪见者惊呼。蠔同蚝；蚝壳，就是牡蛎的外壳。勤劳智慧的沙湾先民发现蚝不仅可食，还可派上大用场。他们把蚝壳垒成排，垒积的蚝壳经过一两年的涨退潮，海水带来的淤泥、沙粒积聚在蚝壳间，形成了一道道坚实的堤坝，再往上垒高，就围成了捍海堤坝，围住的地方成了新的滩田。

用蚝壳筑堤捍海、围垦造田,这是珠三角先民以海治海的天才创造。

三

我想起了家乡的范公堤。

我的家乡东临黄海,古时,由于长江水冲积形成陆地,海岸逐渐东移,老百姓为了生计,纷纷开发农灶。但每当海潮漫涨之时,沿海一带庐舍湮没,田灶毁坏,家破人亡,惨不忍睹。唐代时,先民筑常丰堰堤以捍海,宋代又增修捍海堰,后因年深月久逐渐坍塌。

到了宋代天禧年间,刚过而立之年的范仲淹调任东台任盐仓监,亲见海潮疯涌、百姓逃荒,满怀"有益天下"之心上书泰州知州张纶,建议急速修复捍海堰,以救万民之灾。张纶采纳了范仲淹的建议,奏请朝廷批准,并命范仲淹负责修筑泰州捍海堰。

范公亲征兵夫四万余人与当地人一起兴筑海堰。时值隆冬,雪雨连旬,潮势汹涌,迫岸而来,几百兵夫因惊慌失措、四处逃散而陷入泥泞中淹死。

不同于南海的老百姓,黄海的老百姓不用蚝壳,用的是砖头和石头围衬,用柳条内衬。在海堤的内坡植柳种草,护坡固堤,施工技术非常完善。捍海堰堤历时四载终于修成,外出逃难的两千余民户回归家乡,百姓得以安生,农灶两受其利。

范公堤经历代多次维修，最终修到300公里长，使北起阜宁、南到启东和吕四的黎民百姓尽享其利。

"茫茫潮汐中，矶矶沙堤起。智勇敌洪涛，胼胝生赤子。西塍发稻花，东火煎海水。海水有时枯，公恩何日已。"人们用诗句表达对范公、张纶等人的敬仰、缅怀之情！当地百姓为纪念范仲淹主持修建黄海捍海堤坝，而命其名为"范公堤"。

四

珠三角的人们在蚝壳造堤中获得了灵感，既然蚝壳可以筑堤，何不试着用来垒墙呢？于是，沙湾镇的人们把新围垦时收集的蚝壳拉回村里，在水中加上盐和泥和匀，在适当的高度横压杉树条，把蚝壳一排排、一层层地垒高，蚝壳成为新的墙体用材。

清初番禺学者屈大均于《广东新语》中记载："蚝，咸水所结，以其壳垒墙，高至五六丈不仆"，"壳中一片莹滑而圆，是曰蚝光，以彻照壁。望之若鱼鳞然，雨洗益白……居人墙屋率以蚝壳为之，一望皓然"。

经过长期摸索后，先民又尝试将生蚝壳拌上黄泥、红糖、蒸熟的糯米，一层层堆砌起来。经过世世代代的摸索改进，珠三角先民建造

的蚝壳墙已经非常坚固，据说能抵挡枪炮的攻击，逾千年而不败。因为墙体结实坚固，又因为蚝壳七棱八角、凹凸不平，若有蟊贼黑夜之中贸然翻墙入院，必割得他"损手烂脚"不可，防盗功能不错，所以古代有钱人建宅院和建祠堂喜欢采用蚝壳做墙。

蚝壳做墙，冬暖夏凉。先民结合岭南气候，积累了蚝壳铺垒的经验，排排蚝壳呈鳞状以向下45度的方式整齐垒砌，既防雨又隔热，还能保持屋子干爽。

岭南人以蚝为材的历史有上千年了。明清时期，一村少则有二三十座蚝屋，多则有五六十座，独具特色。现在留存的蚝壳建筑物屈指可数。除了沙湾古镇，就以步涌、沙井大村、后亭村为多，斗门南门村菉猗堂的蚝壳墙面积大、保存完好。祖先留给我们的这份文化遗产，随着旧村改造而日益消亡。这些历经风雨却依然坚挺的蚝壳墙，见证了沧海桑田的地质变迁，以及古人在建筑用材上的丰富智慧。

五

走近凹凸不平、层次分明的蚝墙，看着阳光斜射在墙面上，极具线条感和雕塑感的墙面令人无比震撼。手抚古老而神奇的蚝壳，贴近粗犷而质朴的墙体，耳边似乎听见来自远古先民的劳动号子，又听到大海的惊涛骇浪。惊叹之余，不觉穿越时光，神游天外。

中山大学黄天骥教授曾这样写道：岭南人是个同于中原地

区的族类。当年，居住在珠三角的原住民，属古越族。从秦代开始，中原人逐步南下，落脚于此，与古越族通婚融合，在生理上、文化上形成了特具的"生猛"基因。

"生猛"是广州人常用的词语。生，是活生生的意思；猛，是对"生"的形容。岭南文化中的生猛，铸就了广州人朝气蓬勃、机变开放、敢为人先的精神品格，"生猛，才能使广州突飞猛进。生猛，是因为广州人从来注重务实、进取"。

广州在近现代充当过两次推动中国历史的火车头，40年来成为我国改革开放的开路先锋，这一切，毫无疑问地与这块思想活跃、敢为人先的热土所升华出的"生猛"的精神息息相关。南海、黄海的先民们，地处不同的海岸线，却有着同样坚强不屈的性格。他们枕海而生，靠海吃海，就地取材，在那个材料匮乏、物资不发达的时代，他们将眼光投向了蚝壳、沙石，向海而生、以海治海，在与狂风巨浪的搏击中培育出渔民特有的勇气和智慧。生于斯长于斯的人们，还有为民请命造福的父母官，共同把垦拓荒蛮之地的坚强意志和迎难而上的捍海雄心扭合成强烈的进取意识，惊涛骇浪，艰难困苦，他们视若等闲！

我记得小时候曾随着我母亲到海边"上河工"围垦过。当时人人一根竹扁担挑起两只竹簸箕，海滩上茫茫人海，男男女女，只要家里有一些劳力的，都到海边围垦。

岭南人用煅烧贝灰做"黏合剂"构筑的墙体坚固无比，历千年而屹立不倒。精妙绝伦的蚝壳墙砌法，独特而别致的工艺，释放了先民的聪明才智，蚝壳屋成为岭南水乡独特的建筑风貌，成为建筑史上一大范例。

苏北人用石块垒成的古范公堤，以坚毅的姿态，天长地久地迎接着大江大浪的洗礼，将坚韧不拔的奋斗和不可腐蚀的决心，书写在祖先启叩山海的土地上。

广东人的装修手艺在国内首屈一指，南通的建筑施工队伍号称铁军。这样的特质，竟是千百年经海风、斗海浪、千锤百炼、久炼成钢而铸就的非凡匠人艺心！

六

坚硬巨大的蚝壳是大海对珠江三角洲先民的馈赠。

美丽小巧的文蛤是黄海给予长江三角洲先民的厚礼。

珠三角的先民用蚝壳垒墙，而苏北的先民们则在滩涂上发现了小巧但美丽无比的文蛤。文蛤味美堪称天下第一，用蛤壳做包装，最环保、最便携、最天然。过去"蛤蜊油"名扬四海，如今，在南京博物院地下一层的仿"民国中央街"上，这种天然文蛤"蛤蜊油"仍然是游客的最爱。

蚝壳墙已然是稀有资源。古范公堤也只有一小段静静地屹立在草堰镇。把捍海的古文物保护下来、展示出去，供现在的人追思薪火相传的奋斗精神，创造可持续发展的人居环境，那蚝壳墙、蚝壳屋、范公堤的存在，就有了非同寻常的意义。

2018年6月26日

广州 有点『快』的

虽说来广州不久，却有三个"快"成了我对这座城市的最初印象：

大雨来得快

第一次与同学约会，上车时还是好好的天儿，不过五六分钟，一场暴雨说来就来，越下越大。到了吃饭的地儿，雨大得愣是让人下不了车，我们自己带的伞根本不顶用，店员撑着他们的大伞也没办法遮住。

同学亲自撑个大伞招呼我下车，仅仅七八步的距离，裤子被打得透湿，鞋子完全是蹚着深水过的。到了二楼的屋里，店家递过来一个电吹风，关心地说："要不你先吹一下，这样会好受一些，别感冒了。"我吹了半天，才把膝盖以下稍稍吹干了一些，但整个脚都泡在湿的皮鞋里，这顿饭吃得实在是记忆深刻。

第二天早上，好心的朋友拿来了干鞋器，看他们装备齐全，过去应该常被雨淋。

这样突如其来的大雨，我已经历过几次了。难怪儿媳拿到第一个月的工资后，专门给我俩买了两把折叠伞，说是在广州必备。这不，我到哪儿都随身带着。

我朋友还开玩笑说，在外国旅行时，明明天气很好，身边却总有几个人随身带着伞。不用问，一定是因雨水太多而患了"随时随地带伞症"的广州人。

广州人对环境的适应心态平和，又有一种自我享受式的幽默，这般云淡风轻让人好生喜欢。他们未雨绸缪的好习惯，兴许就是这瞬息万变、风雨无常的天气给训练出来的！

付娆 | 绘

树叶长得快

人在异乡，最先关注的是住地周围的自然风景。庭院的一树一木一花一叶，让我再一次领略到南国与北京的大不同。

我住的庭院、常走的二沙岛街道和城市公园、到过的从化乡间原野，满眼所见，都是郁郁葱葱，生机勃勃。树木的花色、花香，真是姹紫嫣红、五彩缤纷；花朵的大小、花期的长短，更是丰富多彩。窗外院里，既有夏花灿烂，又有秋叶静美；既有繁花似锦，又有落英缤纷。树叶长得太快了，以至于根本无法用树木的荣枯来感知季节的变换。

一叶知秋，这不是广州季节变换的节奏。即便是万物怒长的夏日，一树一花也在不停地自我扬弃、自我淘汰、自我再生。那些树叶，仿佛每天都在新生，每天都在脱落，不，每时每刻都在长，又每时每刻都在落。

可是辛苦城市清洁师了，明明刚刚扫过，不一会儿，大大小小的叶子又飘飘洒洒地掉落了满地。只要是一阵风过、一阵雨过、一阵阳光照耀，树叶长得更猛、更快似的，不停地长，不停地掉，新的长出来，老的掉下去，就这样时刻生生不息地焕发着无穷的、蓬勃的生命力！

这样的季节更是芒果生长的季节，走在路上，不时地听到熟了的果子"啪"地掉在地上的声音，真让人随处有惊喜。

我想，塑造这树、这花、这叶、这果的工艺师，除了园艺工人，更应该是南国的气候吧。它使一年四季树常绿、春夏秋冬花盛开、果常在，所以广州素有"花城"美誉，这是广州的天赐福分!

戏票抢得快

广州人的文艺范儿是出了名的。有一种说法:广州有很多种美,其中一种美就叫作"文艺"。比如,广州人不爱坐在家里看电视剧,而是喜欢到剧场享受现场的艺术氛围,传统戏曲、话剧、儿童剧、音乐会、歌剧、芭蕾等演出,特别受欢迎。政府重视市民艺术生活,各类剧院建得又多又好,有些节目还补贴补贴,喜爱艺术欣赏的广州人就更文艺了,只要演出广告一打出来,大家便奔走相告,购票看戏。常常是一票难求,于是抢票就开始了。

广州人盯上的好节目,那是提早几个月就开始抢票的。我师姐最喜欢看歌剧了,她告诉我,每次来了好的歌剧,她都要忙着抢票,朋友们都这样。师妹唠叨:"中山纪念堂几百元的票有时优惠到只需几十元,好几次手慢了,没抢上。如今只要有好节目,网上抢票成风,是真的抢,一会儿就抢完了,手慢无呦。"

前不久,网上有一则通知:广州艺术节来啦。第八届广州艺术节·戏剧2018首轮五大重磅演出即将开票!政府惠民补贴购票优惠,官网、微信、售票中心现场同步开售。不用通宵排队、不用放弃睡眠、没有价格猫腻、足不出户畅享在线选座。赶快设好闹钟准备抢票吧!

可见,广州人为了看演出竟通宵排队、设闹钟做叫醒、在

线抢票订座！

　　广州人抢票快，因为他们是真看真听真懂。无论男女老少，只要进剧场，他们大多着装讲究、举止文雅，演出时鸦雀无声，出彩时掌声雷动，即使演员谢幕，也会给予最慷慨的持续不断的掌声和欢呼声。我的同学、师弟师妹、朋友们都

广州小景 付娆 | 绘

很会抢票，他们让我在几个不同的剧场感受了当下的广州。审美趣味高、爱看戏、有风度的广州人真的给我留下了很深的印象。

2018年5月19日

东山湖听歌

今天是个雾天，已经不下雨了，想起医生对我说的"降糖、除湿、走路"的保健三法，今天一定得出去走走。一出门便想到了东山湖公园，这是离家最近的公园了。我顺着道向东山湖的西北门走去。进门花了几分钟逛了一下大门左边的书画室，其中的一幅书法的内容引起了我的兴趣："从来不见梅花谱，信手拈来自有神。不信试看千万树，东风吹着便成春。"原来是明朝徐渭题画的诗句。文人的好诗句历经几百年还让今人追摹临写，有这样的诗文书画开头，忽地觉得这儿的文墨气息与眼前的水木花草、亭台楼阁特别相配，也增添了不少游兴。

穿过九曲桥，便被越来越响亮的歌声吸引了。过了九曲桥，又一座拱桥，眼前一个大大的舒展飞翅样的白色遮阳大棚，下方坐着一群人，原来就是他们在唱歌。一个石砌的框架墙，类似幕墙，中间夹着两张整张宣纸大小的手工抄写的歌谱，定睛一看，一张是《心在云上飞》，另一张是《草原阿里拉》。唱歌的全是老同志，女的多，有二十来位，男的只有三四位。他们顺着台阶自然地前后一排一排坐着，大伙儿一边唱一边随着歌曲打着拍子，有的拍打膝盖，有的拍着手，还有的侧敲着双腿，全情投入，怡然自得。

一支歌唱完，只见前排一位穿白色衬衫的老先生站起身，走到一侧的歌谱前，掀起刚刚唱过的一页，翻出新的一页，叫《平安每一天》，音箱里响起的正是它的旋律。老同志们充满感情整齐地唱起来，一听便知这是他们已经唱熟了的歌。歌词是这样的：

> 每天睁开眼，感觉空气更新鲜
> 推开一扇窗，总有新发现
> 每一次拥抱，把平安传递在心间
> 衣食住行的平凡，都有精彩一瞬间
> 抬头望一眼，看见碧水蓝天
> 打开你心门，让笑容天天见
> 每一次相聚，把亲切问候送给你
> 甜酸苦辣都尝过，平平安安最心甜
> 平安每一天，幸福在身边
> 每时每刻让快乐驻在你心田
> 平安每一天，幸福在身边
> 有你有我有大家，平安梦实现
> ……

东山湖

听着歌声，读着歌词，我看见第三排一位穿蓝色T恤的瘦瘦的老先生，边唱边用双手上下打着拍子，一副陶醉的样子，侧影酷似一个人；我又想起刚刚走上前去翻歌谱的老先生，那翻篇的动作，那手抄歌谱的图画，我忽然出现了幻觉似的，轻轻地脱口而出：老翁！老翁！此时此地此情此景，让我想到老翁！

我1986年被分配到商业部工作，翁老是我的第一位处级领导，翁老——姓翁名杰，部里的人都是这样的，不称官职，对上了点年岁的，一律叫作老张老李什么的，所以都管他叫"老翁"。开始我们觉得很不自在，感到多少有些不礼貌的成分，但他让我们这样称呼，一转眼就叫了几十年的"老翁"，其实称呼"翁老"才符合情理。

他是编辑部主任，一位西南服务团的老战士，一位我国商业会计界的老前辈、老专家，一位引领我从事7年编辑工作的老革命，退休后的最大爱好就是唱歌，从65岁一直唱到88岁。从报国寺的老干部活动室唱到北京的各大公园、各个隆重喜庆的节日表演、各种比赛的决赛现场。当然，他让我感动的并不是参加老年合唱队唱歌，而是他热心为歌友们所做的默默无闻的幕后工作：凡学一首新歌，他回家就抄歌篇，复印装好，第二天保准送到每个人手上；他把歌名篆刻成印，做成印谱挂起来，记录所学唱的每一首歌；一周5天他都在唱歌，唱了20多年，抄歌也抄了20多年，自愿出各种费用，一出就是20多年！他为歌友做事，觉得特别开心，每年我们去看他的时候，他聊得最多的就是他的歌和他的歌友。老人家自得其乐，他真的是做到了老有所养、老有所为、老有所乐。2015年，他专门手抄了两本《抗战歌曲集》，还自制了封面，作为庆祝抗战胜利70周年的纪念，其中一本送给了我。

不承想，今天在这东山湖遇见这么多人读着歌谱放声歌唱，"手抄歌谱"一下子触动了我心灵深处的万千情愫：是不是晚年幸福、老有所乐的老人们，都是一样地用最简单、传统、质朴的方式，互助互爱、自娱自乐地分享美好人生？

全情投入的歌唱把我的思绪带到了往昔，此刻，歌声停了，老先生照旧去翻篇，间隔的短暂时间里，他们在用广东话交谈着说笑着，我却一下子回过神来：深受我们这些晚辈敬爱的翁老已走了快两年了！要是他还在，该多好啊！不知怎的，我忽然鼻子一酸，泪珠滚了出来，心里叫着："老翁！好想您啊！"

这时，一首《拉住妈妈的手》在耳边响起来，大家唱得那样深情：

想想小时候，常拉着妈妈的手
身前身后转来转去，没有忧和愁
上学的那一天站在校门口
哭着喊着妈妈呦我要跟你走
拉住妈妈的手，泪水往下流
千万别松开，这份最美的守候

长大了以后，还拉着妈妈的手
想起儿时的不孝顺，我的心里好难受
妈妈的腰也弯了，妈妈她白了头

受苦受累的妈妈哟，我要背着你走

拉住妈妈的手，泪水往下流

这双手虽然粗糙，可是她最温柔

拉住妈妈的手，幸福在心头

千万别松开，这份最美的守候

听着有如天籁的歌声，纯情而直白的歌词，我的心一阵紧紧地、一阵暖暖地，又一阵紧紧地、一阵暖暖地，这样反复地被带动着、感染着，这不是老翁在唱歌吗？那苍老雄劲、情感饱满的声音，那随着节奏挥动、上下打着拍子的双臂，那盯着歌谱认真专注的神情，莫不是老翁重现？

旁边站着好几位游人，我使劲控制自己的泪水，歌声如此美妙，人们如此陶醉，我不该如此失态的。但是又一曲《车站》再度掀翻了我的平静：

火车已经进车站

我的心里涌悲伤

汽笛声已渐渐响

心爱的人要分散

离别的伤心泪水滴落下

站台边片片离愁涌我心上

火车已经离家乡

我的眼泪在流淌

把你牵挂在心肠

只有梦里再相望

听到此处，无法控制了，歌词一句一句地唱着，唱的是爱人的别离，与我对故人的怀念完全不是一个主题，但终归是离愁别绪的旋律，特别催泪，那就任泪水在歌声中纵情地流淌吧！《共筑中国梦》《自君别后》《天籁之爱》《草原情歌》——好像从没有听过这么好听的歌！好长时间没有聆听过这么好的大合唱了！

棚外还飘着小雨，而我心里下着泪雨，感伤的、怀念的、祝福的、祈祷的，所有都化作和声，加入歌唱的群声中，昔日老翁见我们全家老小时欢天喜地的样子，老人家用篆楷隶临写的《百家姓》《千字文》《出师表》，一一装裱好送给亲朋好友和歌友们，好像电影一样在歌声里重现。一个退休后几十年如一日风雨无阻投入歌唱的人，一个直到85岁还骑自行车在北京各大公园来回穿行的人，一个自己舍不得吃一顿麦当劳汉堡却大笔寄钱给温州老家的希望小学的人，他就是这样一位让我们一生崇敬，随时都会深深想起的老前辈！

此时的雨渐渐停了，我走出了白色的遮阳棚，向湖的深处走去，一阵阵的歌声吸引我不时地回头远望。我好像看见老翁正坐在人群里，尽情地唱着！

眼前的湖面、绿树、雨丝、雾蒙蒙的天，远处隐隐约约的楼，这里是景山、是紫竹院、是莲花池，还是北海公园？怀念一个人，真的会触景生情吗？

2018年10月16日 重阳节前夕

买咖啡的『流水账』

家里人喜欢喝咖啡，而我喜欢喝各种茶，对咖啡的了解只知道速溶的。早上准备早餐时，一般除了一份煎鸡蛋一片面包外，就配上一杯这类咖啡。前几天的一个晚上，我在家附近闲逛，路过一家标着自家磨制咖啡的小馆，门面小小的，名叫"前街咖啡馆"，感觉有些好奇，就推门走了进去。

进门便是很好闻的咖啡香味，很多麻袋在一边堆着，店里只摆了很少的几张桌子和椅子，很是拥挤。陈设简陋而紧凑，墙面上贴满了各种有关咖啡生产、制作、冲泡的知识，所有大大小小的台面上都摆满了各式跟咖啡有关的器具。整个屋子弥漫着香香的咖啡味，让人感觉很美好、很浓情。一个姑娘正忙来忙去，向我淡淡一笑，我也投去友好又亲热的微笑，一脸好奇地问道："请问你们有可以带回家自己冲饮的咖啡吗？"

"有啊！我们卖得最好的是一款三合一的，有巴西豆、哥伦比亚豆等几种配在一起，酸味和巧克力的味道会比较好地融

东山口的咖啡馆

合，很适合一般的家庭。"

我问："你们店里的咖啡味道真好闻，我也想家里一天到晚都散发出咖啡的香味，让人一回家就能闻到这种味道，可有什么办法？"

她笑笑说："可能没有啊。你看我们这里这么香，是因为里边一直在烘焙豆子，而且总是有客人来，不停地冲泡，所以才一直保持这样的味道。"

她停了一下，看着我说："你家里恐怕不太适合像这样浓浓的咖啡味的，人长时间闻着这个味道，会感到有点刺激的，不是很好；再说，头发上、衣服上全是咖啡味道，也不见得好啊。如果想闻咖啡味道，可以冲泡一杯，那就立马有香味了。"

是的，有道理，我心里暗暗地想。在自家里，只要冲泡咖啡时闻一闻那缕香味就可以了，不必让家里成天充满咖啡味，像个咖啡馆似的。其实，为了我家人的味道爱好，这之前我一直在想，可以让我家餐厅和客厅时时能闻到咖啡的香味的办法。在北京时，朋友告诉我必须磨豆子才有香味，于是我买了磨豆机；又说要煮咖啡，于是买了几种煮的咖啡机，但怎么就没有一直以来想象中的绵绵香味呢？今天总算有点明白了：烘焙才出香味，一直烘焙，就一直有香味，浓浓的，弥漫满屋。

　　过去在咖啡馆看见各种咖啡的名字，人家问我要哪一种，我从来也搞不清楚我想喝哪一种，它们到底有什么不同。现在正好没有其他客人，我来了兴致，忙问这位可爱又很懂咖啡的姑娘："你们牌子上写的拿铁、摩卡、卡普契诺等等，都是什么意思？"

　　"噢，我的理解是，咖啡的产地不同味道也有所不同。假定咖啡是一样的，但添加的焦糖和奶量不同，味道就会不一样，这样就形成了各种风格。那些叫法，其实就代表了不同的风格。比如，拿铁，奶味更浓。"

　　原来是这样！我忽然想到中国茶，不一定确切，但应是一个道理，比如说到绿茶，会让人想到龙井，也会想到飘雪、六安瓜片、碧螺春、狗牯脑；说起红茶，会立刻想到正山小种、滇红、英红九号；提到黑茶，会自然而然地想到普洱、安化黑茶和泾阳茯茶一样。

　　小姑娘真有诚意，不拉扯着我去买，自自然然地跟我聊，耐心地回答我的那些有点幼稚可笑的问题。而我是真的想买的。当早上的一杯咖啡成了生活的日常，那类速溶的就不能像米饭一样成为基本的配置了。

我请她推荐咖啡，她建议我先尝试一下店里设计搭配得最合理，也是最畅销的一款。我点头说好。

她也没有问我需要多少，我也没有问她什么价钱，好像通过刚才的那些闲聊，一切都是自然而然的了，就该那样的数量、那样的价钱。只见她从柜子的下一层拿出一个大瓶子，将一张大纸铺在天平上，倒出一定数量的豆子，又陆续从另外两个容器里分别倒出豆子，电子秤上显示的数字一跳一跳的，正好！她将三种豆子拌了拌，好让那些豆子完全混合在一起，再收起纸包，走到另一个台面，全部倒入小机器中，按钮一按，豆子很快就变成了咖啡粉末，然后拿出一个专用的牛皮纸袋，将磨好的咖啡粉末倒了进去。再拿着袋子到第三块台面上，将袋口对着一个又小又平的机器，来来回回地压了几回，原来是自动封口的小机器。等拿袋子给我看时，原来里面嵌藏着密封圈，外面又加了两层封，密密实实的。

"你拿回家就用冲泡包挂在杯子口上，一冲就可以了。""我没有用过，你可否示范一下呢？"她特别客气地说："没关系，我做给你看。这是一个冲包，卡在杯子口，你用勺子挖出一勺来加进去，量可随喜好增减，然后用90℃左右的热水冲泡，要慢慢地冲，袋子的一部分浸在开水里，按个人喜好再加糖和奶或者奶泡就可以了。你看，很方便的，你闻一下！"真的啊，很方便，我太老土了！她动作麻利地拿上咖啡、方便冲泡包，说："这一包里有50个自冲小包，足够你用了！""多少钱？""103元！"

付娆｜绘

　　我接过咖啡，看到她贴上的一张纸上写着："养豆期建议：10天。"很不解，就问她："这是什么意思呢？回家后还需放10天味道才更好吗？为什么要这样建议呢？"她给我讲了很多，用了很多的专业术语，我没理解，回家后查了资料才稍稍明白了一点。其实，咖啡豆就像有生命的人一样。人随着吸入氧气造成细胞氧化，就是变老的过程。刚烘焙完的咖啡还太过稚嫩，并未到达最成熟的阶段，如同人一样，经过岁月成长才会更成熟，需要给咖啡豆一些时间。直白地说，养豆就是"气体释放"的过程，也就是俗称的醒豆、养豆或熟成。这就如同我们中储粮管理的中央储备小麦一样，新入库小麦有一个"后熟期"，后熟期的长短因品种不同有1–3个月的时间。在后熟过程中，小麦籽粒呼吸旺盛，稳定性较差。在完成后熟作用后，呼吸强度降低，代谢水平下降，储藏稳定性增加，脂肪酸增长速度缓慢。在后熟期，我们对这些小麦的保管可是最需要上心的。新收获的小麦与储存1年后的小麦过氧化氢酶的活动度相差较大，随着储藏时间的延长，粮食中过氧化氢酶的活动度会逐渐减少，经过后熟期后的小麦用来加工食品更好。

我理解，已经过烘焙和磨制好的咖啡粉，已经与那个"养豆期"关系不大了，那是店家已经完成的事吧，我们只管喝便可以了。

我一边连声说着"谢谢"，一边走出了前街咖啡馆。想着家人明天早上喝咖啡时可能会出现的惊讶表情，我就禁不住地有点小得意。这来自原产地的、现打磨的咖啡，喝起来一定会有滋有味吧？今天真长见识了，遇上一位灵巧的姑娘，知道了咖啡有那么多的风格，还学会了怎样冲泡，即使学会如此简单的事情，这个过程也足以让我终生难忘。

回来后发现家里没有合适的杯子，试了几个，忽然想起刚刚淘来的一只盖碗，它本是泡茶用的，一试，我却发现它正适合泡咖啡！高度和大小再合适不过了，如果担心凉了，还有盖子呢！洋为中用、中西合璧吗？我想，这算是吧！

第二天早上，家人都说这个咖啡味道真不错啊！我"嗯嗯"地应着，迎着厨房玻璃透进来的阳光，心里蜜蜜地想着：咖啡的好味道，究竟好在哪里呢？

2018年10月2日

一张清代南澳镇武官薪俸表

有幸游览了汕头市南澳岛上的古南澳总兵府,重点参观学习了作为廉政廉吏教育基地的全国第一座海防史陈列馆。回来已有月余,忽地想起总兵府海防史陈列馆中的一张清代南澳镇武官设置及薪俸表,忙从手机里翻腾出来,搞过财务的,一看报表就莫名其妙地有了探寻的兴趣。

南澳岛上的总兵府　摄影 | 黄泽杭

一张小表名堂多

南澳镇武官设置规格高。在我们的印象里南澳只是一个小岛，但在当时，朝廷派设总兵1名，官衔居然封到正二品。副将的官衔封为从二品，设了8名；参将封作正三品。就连最基层的武官外委，也封为正八品、正九品。

驻岛武官人数多，官阶森严。南澳武官设9级官衔，141人，五品以下官员122名。总兵只设1名，并非我们过去印象中的军队双正职配备，而是配备了8名副将，感觉是一正八副的规制。

武官官衔的名称有特点。9级官衔分别叫作总兵、副将、参将、游击、都司、守备、千总、把总、外委，我是第一次看到游击、千总、把总、外委，它们在古代原来是官职的名称。

薪俸项目多，"养廉银"最丰厚。南澳总兵年薪俸共由5项组成，一年的总薪俸为18504.5两白银。其中，俸银60.5两，薪银144两，心红银160两，蔬炭银140两，养廉银18000两。副将到守备，只有心红银和蔬银，没有蔬炭银。六品到九品的下层武官既没有心红银也没有蔬银。从二品副将的养廉银不到总兵的一半，而把总一年的养廉银只有总兵的6%。

总兵府原来大有来历

总兵府是明清时代的称呼，是南澳总兵的衙署，是当时全国唯一的海岛总兵府。

　　南澳岛位于粤东与闽南之间，是军事要地，地理位置独特，每逢官府缉盗，粤方追捕则入闽，闽方追捕则入粤，"追之则势不可穷，纵之则势将复返"。明万历三年（1575），福建巡抚刘尧诲会同两广总督殷正茂，一起上疏皇帝请设南澳总兵。同年，皇帝诏授南澳镇。从此，南澳岛从一个贸易自由港变成了一个专门扼守东南门户的海防重镇。到了清朝，封建统治者害怕这里拥兵自重，所以1914年以前，南澳岛归福建和广东两省共管，中间由雄镇关作为分界线。总兵府前的广场上有一块石碑，上书"闽粤界"三个字，这是当时立的界碑，后移到这里。1914年以后，南澳岛划给广东省管辖，结束两省共管建制。

　　明清时海禁很严，但朝廷限制越是厉害，民间走私活动就越是猖獗。当时外有倭寇的侵扰，内有海盗盘踞，朝廷派驻南澳的士兵越来越多，南澳的规格也逐步升级，最后成为管制闽粤台的重要军事基地，这应该就是在小小的南澳岛官职配备之高、官员之众、薪俸之多的原因吧。

南澳总兵大多成为廉吏典范

清代总兵官拜正二品，一年18000两的高额养廉银，看上去总兵收到的俸禄不少，不必贪腐。朝廷给驻守边防海防的总兵较好的薪俸配备，不仅可让他们衣食无忧，还可过着较为体面的生活。

但清雍正开始推行的养廉银制度并没有抑制住官吏腐败，特别是清代后期，养廉银经扣、捐之后，大小官吏以支用不敷为名大肆搜刮钱财，吏治腐败到了不可收拾的地步，"养廉银不养廉"。

总兵得到的养廉银多少和贪污应该没有必然的联系。资料显示，明清两朝共有副总兵、总兵176任（166人）被派驻于南澳镇。一大批总兵，在海防建设、戍边安民、兴学济世、扶贫赈灾等方面为地方做出了贡献；一代又一代总兵扎根海岛，渐渐地形成了南澳岛独特的廉吏传统。他们中有很多人非常优

总兵府内 摄影｜黄泽杭

秀，后来的南澳人追思这批总兵，纷纷建碑纪念他们。读了那段历史资料，感觉南澳总兵中以清贫告老的不乏其人。

南澳总兵本是武备之将，为何形成了清廉传统，这很发人深省。有人说，真正的原因在于担任南澳总兵者多是科举时代读书人，对于儒家文化有着极深的体悟，这些人受到天理良知的制约，不会轻易贪腐。有人认为，这些总兵颇具中国传统文人的士大夫风范，他们安贫乐道，坚守名节和清誉，他们信守正心诚意、格物致知，修身、齐家、治国、平天下，是带着使命感而来的。在陈列馆参观时，见得最多的图文资料是那些优秀总兵在南澳的一件件生动事迹。我还记得有这样两份资料：一份是清帝诏发的《南澳总兵梅春魁像赞》，一份是《梅春魁夫人像赞》，仪规和措辞很是庄严隆重，想必被封赏的总兵夫妇一定会有强烈的荣誉感。

看来，南澳总兵既有体面生活的薪水保障，又有读书人良好的修养，外加朝廷给予的较高官阶和荣誉，这可看作古时南澳总兵勤廉传统能够养成的基因吧！一张古时的官员薪俸表，还真有点看头。

2018年11月28日

叹
茶
来

广州东山湖公园门口向合群一马路拐弯的地方，有一个茶馆，茶馆门边还栽了很多竹子，感觉挺别致素净的。

两天前的一个傍晚，我又走到附近，感觉有点渴，想起这个茶馆来。这回留意了一下，原来店名叫"叹茶来"，地道的广府味儿！

广州人爱喝茶，却一直叫"叹"茶。刚听到这个说法时还寻思，这喝茶就喝茶，为什么说"叹茶"呢？"叹"什么呢？读了黄天骥先生的《岭南新语》才知道，"叹"是广州方言，有品味、享受的意思。黄先生用"生猛"和"淡定"两个词形容广州人，一面是广州人生活节奏很快，头脑灵活，敢为天下先；而另一面是见多识广的广州人懂得善待自己、享受生活，喝个寻常茶，却叹出了悠闲、淡定的生活情趣。不仅广州人，广东人都是。

南粤地区自古茶风盛行，泡一壶茶谈天说地地享受好时

街边小茶馆

光。广东人宣传起自己的茶文化来绝对到位："正是这一壶茶，从柴米油盐到琴棋书画，从节庆嫁娶到迎来送往，从南到北，从春到冬，从昼到夜，浸润的是人情世故，泡出了一个'和'字，喝下了一个'容'字，汇成了岭南文化的'来叹茶'三个字。广东人务实勤劳、平和低调，喜欢通过'叹茶'来洗去忙碌、放松心情。所以说，这'来叹茶'，喝的是茶味，享的也是生活，谈的是小事，悟的却是大道。"

这不，走到"叹茶来"了。轻轻推门进去，看见有几位茶客正在泡茶、赏茶、品茶，一位身穿茶服的姑娘礼貌地迎过来，说："请进，随便看看。"我也点了点头，开始打量这间茶馆。室内并不大，只有一个稍长点的木桌，屋子的另一头有

付婉 | 绘

一张小小的茶桌，而且装修极简，但布置得很有意趣，简中有古意，突出的是茶。姑娘介绍说，这里以培养茶师、售卖茶叶和茶器为主。他们正在泡一款茶艺师存了20年的茶，是揭阳那边产的一种绿茶。他们几位热情邀请我喝一杯，还烫了一只杯子。恭敬不如从命，我就坐了下来，端起一杯热茶送到嘴边，先闻了闻香味，再喝了下去，说"不错"，装着很会品茶的样子。

泡茶的那位女士问我平时喝什么茶，我说，主要是红茶，调味伯爵茶，朋友从新疆寄来的，好喝不贵。我还强调了一句："据说，英国女王每天早上都是喝的这款调味茶呢，很养生的。"我把听来的又学给她了。一位对茶很在行的先生听我说早上就喝红茶，有点不解地问："英国人不是下午喝红茶的吗？"

"这个我也不很清楚，但我去英国时，看他们早上也是喝红茶的。也许下午茶是一种生活方式吧，不一定就喝英式红茶。"

几个素昧平生的人从伯爵红茶聊到英红九号，从龙井聊到凤凰单丛，喝着茶，聊着天。他们说，单丛最刮油，外地人喝这款工夫茶时，最好边喝边吃几块点心，才不会感到心慌。

该回去了，喝了茶不埋单，心里多少有点过意不去。我看他们非常友好热情，而且对伯爵红茶很感兴趣，就主动提出明天下午带来请各位品尝品尝，几位茶客都很高兴。一位先生还很认真地想了想，随口重复了几遍："明天下午，好！好！"

第二天下午，我一觉醒来就忙这忙那，刚要出门，来客了，没去成。跟他们萍水相逢，也没留个电话，但心里有歉意，这不是放人家鸽子吗？明天一定得去。第三天又因为有事情缠着没有去成。到了晚上，心里惦着这事，惭愧得不行，就跟小妹说了这事的具体情形，小妹一听，脱口而出："人家肯定以为你是个骗子！"这就更成了我的一桩心事！

今天早上一醒来就想好了，无论如何，今天下午要去"叹茶来"。要不，我都觉得自己是个骗子——不仅要带伯爵红茶，还要带上南通脆饼！

下午叹茶去，说到做到。

2018年12月24日

085

红米肠的诱惑

都说广州的清晨是从晶莹透亮、馅料丰富的肠粉开始的。

一份简单的肠粉，因为流派的不同，在吃法上也各不相同。而我这一次吃到的，不是传统的白色肠粉，而是看上去喜庆鲜艳、吃起来嘎嘣脆又有嚼劲的红米肠。

这真是一次全新的味觉体验。北京来的那帮朋友里，有一位精通广式早茶，他是个资深的"吃货"。他点的这道红米虾仁肠粉，让我开了眼。

红色的诱惑

红米肠外皮用的是红曲米的米浆。因为加入了红曲米，肠粉呈现出一种与众不同的红色。红米肠的外表是柔韧的有嚼劲的红色粉皮，色泽鲜艳明亮，看上去喜气洋洋的。

红米肠的红米粉皮之下，是一层酥脆的油炸徽皮，皮里加入游水鲜虾和韭黄做成的馅料，用白网皮包裹后再高温油炸。这样做成的肠粉既有传统肠粉的嫩滑，也有东南亚饮食的清爽，一口咬下去，绵密酥脆中透出一丝鲜嫩。三重口感，在唇齿间糅合着，不同层次的味觉满嘴绽放。

咀嚼的诱惑

一盘红米肠，从厨房经过长长的楼道和楼层，再上到餐桌，居然一点也不软黏，它的脆劲哪里来的呢？原来，中间的一层用的不是一般的油条或馓子，而是越南春卷皮。与各种经典的肠粉相比，红米肠被赋予了新的食趣，酥酥脆脆的，特别增添了咀嚼的乐趣。

后来只要我请朋友到茶楼吃早茶，必点这道肠粉，人多的时候还上两份。北方来的更喜欢吃，因为能吃出点对油条的回忆。

我喜欢红米肠，它飘出的香气令人垂涎欲滴、欲罢不能。但我更佩服第一个做出红米肠的人。他是广州酒家的大厨，还是点都德茶楼的，是陶陶居的，还是白天鹅的，这些都不重要。我想，他一定是一位食神，是一位对食客有大爱的人。他是广州厨师！我只听说，这道红米虾仁肠粉是2016年出炉的。他把那种柔软中带着酥脆、滑爽中藏着韧劲的满满的咀嚼的快乐，带给了"吃货"们。

难怪我们喜欢马蹄糕，它爽口的关键在于加入了新鲜马蹄粒！

难怪我们喜欢利苑的海鲜泡饭，它好吃的关键是加入了刚出油的炸米！

难怪我们喜欢西餐的鸡蛋卷，除了营养丰富，它好吃的关键是加入了青椒、蘑菇、洋葱、火腿、芝士粒！

难怪我最喜欢吃我老娘做的鸡蛋皮拌凉粉，好吃的关键是加入韭菜梗，还有花生米或者炸豆瓣！

难怪我经常在酸奶中加榛果、麦片和脆米，这也算是极简的创新。当柔软平淡的食物中加入了筋道的颗粒，便平添了咀嚼的乐趣和瞬间的惊喜！

了不起的、喜欢创新的广东厨师！

2019年3月11日

初学煲汤

广东人最重视日常膳食。

他们对此有着自己的理解：膳食是富含情感与力量的。这种力量，源于万物在春夏秋冬、四时更迭时所获得的偏性，所以因地、因时、因人搭配，才会五味调和、有益健康（名医杨志敏语）。

一到广州，我的老朋友陈老师就跟我讲了很多当地的风俗习惯，分享了他18年来在广州生活的经验。

岭南气候特殊，"春回南时夏暑湿，秋风干燥冬不适"，生活在岭南，要想保持健康好身体，首要的事情就是会"吃"，家庭主妇要安排好一家人的膳食，最重要的是学会煲汤。

多年前，我的同事茹先生，他的夫人——我们都称她茹太——到北京看他时，亲自下厨做了一顿饭。特别是她煲的汤，至今我还记得那种特别淳鲜的味道。这么说，茹太还真是个出色的"煮妇"呢！

在广州的这些时间，我常常品尝到陈老师做的菜、煲的汤，确实美味又养生。许多做菜、煲汤的材料，完全超出我的想象。比如春天，她会用木棉花、柚子皮、桑叶、陈皮、杨桃等等入汤。木棉花也能做汤？当然了，广东人最讲究不时不食，春天木棉花最应时，除湿效果最好。听陈老师聊做饭，感觉她已然是地道的广东女人了。

陈老师还跟我说，煲汤讲究的是药食同源，不同的季节、不同的体质要用不同的食材，这样才能煲出最适合的汤。她让我一定要学会煲汤。对做饭没有天赋的我来说，压力太大了！

几天前，我被湿热困扰，浑身不自在，还不停咳嗽。陈老师建议我通过膳食来调养。

没辙了，只能鼓起勇气学煲汤。我一边照着《每日一膳》一边想着陈老师和医生的话，开始了我的第一次煲汤。

第一步：购买食材

住处附近的东山肉菜市场菜品极为丰富，应有尽有。

主要食材：半只鸡500克，猪瘦肉150克。现场斩件。

调味品：陈皮、生姜、香芹。

第二步：做准备

陈皮，泡水洗净，备用。

生姜刮皮，备用。

锅里放水，鸡块、肉块凉水入锅。

放入生姜几片、料酒两勺，一起煮。水开后，再煮3分钟。

关火，捞起鸡块、肉块，洗净备用。

第三步：开始煲汤

备好煲汤煲，加水煮沸。

放入陈皮1片、生姜3片，煮3分钟。

放入洗净的鸡块、肉块，大火煮。

滚开后3分钟，改小火，煮1小时。

第四步：调味

洗净芹菜，切成末，备用。

关火前1分钟，往汤里加入适量盐。

第五步：上桌

注意用炖盅盛汤，放入小勺，美食当配"美器"。

上桌前，撒入碎芹末。

最后根据个人口味，盅里可点几滴香醋。

第一次煲汤这就算完成。老婆婆尝了我煲的汤，竖起大拇指，直说不错不错。我知道这是对我的鼓励，但我自己也真心觉得味道不错，有点像广东人煲的汤。

　　通过这次煲汤的实践，我获得两条体会：

　　一：简单就是美。

　　这次学会了，只放陈皮和生姜；煲白汤，不煲红汤。这不正是美食家庄臣先生传授的广东煲汤的诀窍吗？以往我炖鸡汤，不管什么季节，也不管什么人喝，都无一例外地放进料酒、生姜、红枣、葱段，还有泡好的香菇什么的一起炖煮。现在学到了，食材简单，才更美味。

　　二：煲汤先煲药。

　　广东人的煲法很独到，先煮辅材陈皮、生姜，后放焯过水的鸡、肉等主要食材。陈皮和生姜具有化湿行气的功效，搭配鸡和瘦肉，益气不上火，扶正而不碍邪，正适合春分时节和气虚夹湿体质的人群享用。初学煲汤，便体会到古人这句话的意味：药不在贵，对症则灵；食不在补，适口为珍。我好像终于对下厨有了一些兴趣，继续学下去。膳者，善也！

2019年4月2日

学做牛肉饼

星期日的早餐，一块牛肉饼给了我一个大大的惊喜——我居然一次就做成功广东药膳牛肉饼——只因家人说了："嗯，真不错，挺好吃！"我私下里也觉得真是不错！

照着菜谱，自制陈皮牛肉饼，又香、又醇、又鲜，味道好吃到醉，虽说稍稍偏咸了点。难道我的生活，正如一位日本作家所说的那样，"我短暂的人生，在读了很长时间的菜单中度过"？

好像真的差不多！

在广州居家过日子，学习煲汤和家常药膳，不想报厨师培训班的话，就只有读广东人写的食谱了。经过几个月的翻阅对比，我还是选择了最经典的药膳读本《每日一膳》。

小满时节吃什么，怎么吃

广州人最讲究不时不食。

小满为夏季的第二个节气。古人认为，麦至此方小满而未全熟，故名小满。二十四节气中，有小暑、大暑，有小寒、大寒，唯独有小满而没有大满。

小满小满，小得盈满；水满则溢，月满则亏；满招损，谦受益。唯有小满，最能彰显出夏季蓬勃的生机。

小满所代表的寓意是：小满而未全，仍有发展向上的空间。这个时节气温大多与雨水相关，小满之时的养生以健脾、养胃、祛湿为法。

就是说，最近这些天，以健脾、养胃、祛湿为药膳的首要法则。所以，医生推荐近期的食材主要是陈皮、淮山、胡萝卜、绿豆、莲子、猴头菇，推荐药膳为淮山胡萝卜排骨汤、猴头菇猪瘦肉汤、陈皮牛肉饼等。

我为什么选陈皮牛肉饼

广州近来时雨时晴时湿时温，人的气血易损。中医认为，气为血之帅，血为气之母。牛肉蛋白质含量高，最主要的是富含血红素铁。我正好多日没有吃牛肉，心想，换换口味，补一下应无妨。《每日一膳》推荐的第四款药膳正是"陈皮牛肉饼"，图片好看，成菜诱人，惹得我热情升腾。

照着菜谱，在附近的东山菜市场很快就购齐所需食材：牛肉、党参、陈皮、生粉。晚上休息前，悄悄地将陈皮和党参洗净、泡上，为第二天做好准备。

第一次做牛肉饼的心情

第二天早早起来，雨过天晴，阳光特别明亮，亮闪闪的光线洒满了房间，照亮厨房的每个角落。我从冰箱里端出备料的时候，抑制不住地笑了起来，一边哼着小曲，一边备菜。

第一次剁牛肉，也是第一次学着用小刀刮掉陈皮内已经泡软的白色果瓤，加入牛肉里一起切碎。

第一次切党参片，斜切成片。

第一次搅拌肉馅，在牛肉末陈皮馅里倒少许花生油，加少许盐、生抽、生粉，像大厨一样往一只大盘子里倒铺平。

然后，再照着菜谱上的做法，用筷子垂直插出数个气孔来，尽可能均匀一些。

把切好的党参片三三两两地码放在肉馅上。

因为准备不够充分，出锅时发现没有备香菜或芹菜，忽然想起家里有菜椒，于是急中生智，切出几根细丝，上桌前丢在盘子上面，着了一抹绿色，看上去蛮不错。

一道菜也是要总结的

想起早上牛肉饼的香味，还有家人吃的样子，回想起自己偷学做菜的每个小心思，从菜场到餐桌的每个小细节，我终于完成了第一次做肉饼的体验，第一次剁肉馅的体验，下厨竟是如此的妙不可言！

一道时令菜，就是一条养生经：党参、牛肉加陈皮，益气养血又健脾。我的后半生，难不成会变为家庭"煮妇"？

我发现自己特别喜欢逛东山菜市场。生鲜的、调料的、干货的、特色的，各个区域都爱逛逛，还喜欢跟卖菜的聊天请教。广东的菜市场，除了本地菜，还有很多来自云南和宁夏的新鲜青菜。

来自各地的各式菜的品性是不同的，例如陈皮、黄姜、党参，例如大白菜、西红柿、甜玉米，还有干的木棉花、霸王花、西洋菜，等等，各有各的秉性，各有各的用法，一年四季不同，男女老少不同，真可谓"煮妇"天地小，烹调学问大，当个好"煮妇"很不易的。

今天初学了一道菜，偷着乐了一上午。当然，第一次尝试也是需要总结反思的。

比如，酱油多了。书上说少许生抽，我不应该多放。调料就是调料，是需要节制的。放多了，反而清鲜不足、咸鲜有余。

再比如，上桌时切两片红椒，或者放两粒枸杞点缀一下，这道菜会不会就能增添更多的食欲和美感呢？

学习做一道"小满"时节的菜，学的人却要有一颗"大满"的谦虚、诚恳、受教之心才好！

师傅让我只放生抽，为何我要画蛇添足，多加了几滴"味极鲜"呢？！

2019年5月26日

我想的北京

在北京住了几十年，基本上是家——单位——孩子的学校，三点一线的生活。我不算熟悉这座城市，过去的几年里，我时常离开北京一段时间，在远离首都的另一处，又开始了居家的日子。在柴米油盐的时光里，时常想念北京的家。

可有时，除了想家，想朋友，也会在某一个瞬间，忽然地、强烈地想念起北京来。

我想的北京，无非是几个地方和几种味道。

看晨光里的北河沿

还是三十年前刚到北京的时候，我在陪远道而来的朋友逛过景山公园后，傍晚时分在这里走过。隔着护城河，扶着石栏杆，静静地看着河对面的宫墙，感受一种从未有过的特别的宁

付娆 | 绘

静和庄严。人在这里走，平时话痨的我也会安静下来。许是这份静美太有力量，多少年忙忙碌碌的平凡日子里，我会忽然间想起，那个傍晚，那座宫殿，那道城池，它们有时还会出现在梦境里。

　　近两年，偶尔读一读阎崇年先生的《大故宫》，读读明史、清史，对这座世界上最大的宫殿建筑群产生了新的兴趣。可能是远在他乡吧，更让我心驰神往。

想念来今雨轩

　　下次回北京，我一定要起个大早，赶在出太阳之前，赶在车水马龙早高峰之前，在鸟语花香的晨光里，在护城河水的陪伴中，我要一个人走一走北河沿，慢慢地，享受地，从东走到西，再从西走到东，走上几个来回。

吃来今雨轩的冬菜包

　　曾经游中山公园，慕名访来今雨轩，吃冬菜包子。
　　要说包子，我只知道老家的包子最好吃。扬州冶春茶社的三丁包、五丁包、灌汤包，南通文峰饭店的菜肉包、蟹黄包，吃过就忘不了。

当热腾腾的冬菜包子端上来，乍看上去灰黑黑的、直挺挺的、硬实实的，好像我们行当最熟悉的"直筒仓"。吃到嘴里，感觉筋道，面有嚼劲，包子馅味道最特别，确实与别处的大不同，有种说不出的好吃。

我带孩子来吃过，邀请朋友来吃过。全北京只此一家，别无分店。孩子想吃，我也想吃，就得从西郊横穿城区到东城，路途远，为吃个包子得坐上十几站的地铁。听说可以外卖，于是专门到来今雨轩买包子，先是一次买十个，后来就是五十个五十个地买，直接买冻包子，吃完再买。

来今雨轩建于1915年，是著名的茶楼兼饭馆，主营"红楼菜"。1990年来今雨轩搬到中山公园的现址，成立了来今雨轩饭庄，《红楼梦》中近三分之一的饮食文化描述在这儿都能寻觅到。

来今雨轩得名于下面一段典故：

唐朝诗人杜甫在京城长安闲居时，曾受到皇帝唐玄宗的赏识。一些人看到杜甫得官有望，便都争着和他交朋友，却不料杜甫并没有做官，而且日渐穷困，这些新结识的朋友就再也不和他交往了。

天宝十载秋，一个阴雨连绵的日子，诗人贫病交迫，这时却有一个姓魏的朋友冒雨来访，这使杜甫很受感动，作《秋述》诗一首以表示谢意。诗前有一小序："秋，杜子卧病，长安旅次，多雨生鱼，青苔及榻。常时车马之客，旧雨来，今雨不来……"，表达了交朋友应重在友谊。从此，"旧雨""今

101

雨"就成了老朋友、新朋友的代称。

"来今雨轩"做店名，是所识朋友欢聚一堂的意思。匾额由徐世昌所书，当时一些社会名流、大学教授、鸿儒名医常来此聚会，据说柳亚子组织的南社活动也曾在此举行。

冬菜包子是来今雨轩首创，至今想必快有近百年历史了。

过去人们到来今雨轩有两样吃食必点，一是"干烧活鱼"，一是"冬菜包子"。冬菜包子好吃的诀窍是：用川冬菜做。以炒熟的瘦肉末和四川冬菜入馅，加过少许糖的面粉做皮，形象高壮、捏褶均匀、造型威武。有人说，印象中来今雨轩的冬菜包子外形很独特，高高的，褶子都集中在顶部，好似一顶帽子，实在是难以复制。听说全靠人工捏褶，捏褶大都在二十六个左右，比"狗不理"还要讲究，足见功夫之深。

川冬菜主产于中国四川省南充市与资中县，以叶用芥菜为原料制成，色泽黑褐而有光泽，组织脆嫩，呈鲜香味。一般的包子店难以买到正宗的川冬菜，而来今雨轩的冬菜包子一直选用正宗川冬菜做馅。因为茶社历史上曾经有一段时期主营川菜，原料和手艺均来自西南，所以口味咸中带甜，细细品来，回味无穷。

时过境迁，中山公园的来今雨轩还卖冬菜包子吗？

如今的冬菜包子馅，还是正宗川冬菜的味道吗？

到樱桃沟去捉虫

孩子上小学的时候，曾经的一个盛夏我们带着他从香山植物园探向森林的深处——樱桃沟。沿着小溪拾级而上，尽情地享受北京西郊大片的树林带来的阴凉。

孩子的心思不在走路，不在看景，也不在纳凉，他的心思全在看小溪里的鱼，捉树上的蝉，扑草丛中的螳螂。这些也是我小时候最爱玩的，那天的樱桃沟就是我们的乐园。

事先没准备捕捉工具，乡下长大的人，自然而然地就地取材，爬上树取了几个刚脱下的蝉壳，还抓到一只浑身是劲的蝉，逮到几只小蝌蚪，居然扑到了一只一蹦老高的螳螂。

要说就这只螳螂不够老实，一直蹦个不完，手心被它折腾得直痒痒。于是孩子爸灵机一动，把螳螂放进去喝空了的矿泉水瓶，生怕螳螂往外蹿，还在外面又罩了一只塑料袋，让我负责拿着。

天不早了，玩得太累了，一家人打了个面的，晃晃悠悠地，我们就都眯着了。到家下车了，孩子醒来的第一件事就是

2022. 11. 04. Rao 蕊力

付娩 | 绘

要看螳螂。结果，唉！怪我睡得太死，袋子口捏着捏着就捏得太紧了！螳螂被憋死了，我儿，那一通痛哭啊！

好在爸爸负责的蝉儿很精神，两翅膀的薄薄双翼丝毫没有损伤。

我拿的另一只小瓶子，几个小蝌蚪也在神气十足地游来游去。

孩子马上破涕为笑、喜笑颜开了。晚上睡觉时，小家伙抱着我说："今天玩得真开心，太好玩了！谢谢妈妈！好妈妈，什么时候咱们再去樱桃沟玩儿吧！"

是呀，什么时候再去游玩呢？

樱桃沟，你还是那样的原生态吗？

想念北京的时候，我还会想……

去一趟国家大剧院。40元一张参观票，可以任性地、自由自在地欣赏这座让人百看不厌的国家级剧院。我会沿着通道两旁长长的展览墙，一处一处地慢慢看，找一找久违了的那种感受。我会乘着扶梯，御风而行似的来到二楼，没准能赶上定点为游客演奏的音乐会呢。我还会在旁边的咖啡厅要上一杯拿铁，静静地坐一会儿，听听空灵而舒缓的轻音乐。

去香山植物园一趟。记得碧云寺前有一条路，两旁古木参天，全是百年老树。从下边的平地开始到寺门，是一段不短的路程，是一段长长的坡道。这段路有一段不凡的历史，走上去是需要气力和耐性的，也需要静心的。很久以前曾经走过，还曾目睹过路人顶礼膜拜到寺前的情景。想必这条坡路还是那样苍老而幽静吧！

去国子监转转，去什刹海的烟袋斜街转转，去护国寺小吃街吃个早餐，喝一碗地道的豆汁。

不，其实哪儿都可以不去。

我最想整晚安坐在戏院的一角，好好地听听张火丁的《一霎时》、袁慧琴的《对花枪》、杜镇杰的《武家坡》、李宏图的《四郎探母》……

下次回北京，我要让这些念想一个一个地实现，好好地过把瘾！

2019年5月25日

和合之鲜

一

　　我们祖先对鲜味的见解真是太奇特了，只一个"鲜"字，便道尽美味的奥秘。

　　《老子》里面有这样的说法："治大国若烹小鲜。"《礼记·内则》中也讲到："冬宜鲜羽。"这里的"鲜"就是鱼、活鱼。

　　"鲜"还有一个异体字作"鱻"，由三个"鱼"字组成，众鱼堆积，味道鲜矣。

　　古人又以羊为味美的食物。于是，从味觉上就可以体现"鲜活""鲜美""新鲜"的意思，因此有"鲜嫩""鲜汤"的说法。

　　作为"新鲜"讲，来自于鱼本身的特征；而加上"羊"之后，这个特征就更加明显了。鱼羊和合而成"鲜"！将两种本已鲜美的食物结合在一起，造出一种崭新的味道，这是古人天才的创举。

"鲜"字，由两个独立的象形字"鱼"和"羊"组合而成，从古老汉字"鱼羊鲜"的诞生，一路穿越回远古，我们猜想，也许从人类学会用火以来，鱼和羊便是人们最喜爱的食物吧！

如果再将这种味觉转移到视觉上，就有了"鲜艳""鲜明""鲜亮""庶类番鲜"的表达。鲜，明也，春回大地，万物生长，草木蕃育，鲜亮明丽，美不胜收。

先哲文豪通过他们的文字，把鱼羊和合的味觉之美引至视觉之美，导向更为高级的审美境界。

二

纵观千百年的鲜味历史，品读泱泱中华的地域文明和饮食文化，会发现人类餐桌呈现出"鲜"味的丰富变化和天作地合的无尽可能。

如何捕捉最鲜？神州大地，人人都是大厨。

千百年来，人们模拟古人创"鲜"足迹，在"鱼"和"羊"的两大阵营中，将天上飞的、地上走的、水里游的，以无穷的想象力进行花式组合，终于为餐桌端上极简而经典的小鸡炖蘑菇、海米烧豆腐、羊肉烧鱼、西红柿炒鸡蛋等等，更有炫目而豪华的，如佛跳墙、大盆菜。如此美食，体现出人类对鲜味极致的追求。

为什么小时候吃的菜里总有几颗小虾米？为什么广东人的靓汤里，除了排骨、瘦肉和鸡爪，总是要加上瑶柱、鲍鱼壳、海马干？而我家乡如东最美味的蛏子汤，总是需要肉、骨、鸡来吊汤？现在好像找到了某种答案。那是我们的先人们从鱼的本味中找到了"鲜"味的秘密，干脆试着将鲜味制作成干货，为一年四季的餐食带来可以与鲜鱼羊相媲美的好味道。

三

"食不厌精，脍不厌细"，人类的求鲜之旅是没有终点的。

烹饪中的极致之鲜，往往掌握在少数大厨手中，但仅凭烹饪达到的鲜味终究有限，于是，美食科学家们又从大厨烹制的

高汤中获取灵感，使得鲜味调味品一个一个地诞生出来，让普通人也能随时获得鲜美滋味。每一款鲜味调味品，皆为鲜之精华，令人回味无穷，为人们带来了极致的美学享受。

　　近来的厨艺实践，让我已经离不开瑶柱、虾米，更离不开蚝油、潮汕鱼露、XO酱了。比如XO酱，那真的是最让人喜欢的一种调味料。XO酱的材料没有一定标准，但原理终究离不开"鱼羊和合"，最主要的食材还是瑶柱、虾米、金华火腿肉。它的使用可谓千变万化，既可作为餐前或伴酒的小食，也适合拌食各款佳肴，拌入中式点心、粉面、粥品，更可用于烹调肉类、豆腐以及炒饭等等，堪称酱料中的"XO"。在我眼中，可与XO酱相媲美的是如东文蛤粉，那是我的百搭鲜味王。

　　鲜味来自大自然 。"鱼羊鲜"，你中有我，我中有你，天作之合，百味调和，这才是最美的滋味。

2020年10月21日

付娆 | 绘

器物也追风

按导航走进中山大学南校区，直奔"玉书之家"。

挺有名气的一个文化场所，走近，看起来只是普通家属楼一楼的一个小小庭院，再走近，青青小竹林、棕红木门、黑灰瓦檐，还有洋派招贴画，马上感觉出这座小院的气质果然不同凡响。最有味道的还是竖挂在门边的店名，一派古意，十足岭南风味。

按门铃，无人。凑近前一看，展览广告下面有小字，留着联系人和电话。我拨通后，

电话的那一头传来小伙子很有礼貌的声音："你好，今天我们没有开门……不好意思，我们不是一直在店里的，玉书之家实行的是会员制，来前需要预约——要不，你加我微信，另约个时间。"

我还抱着一丝希望，说自己怎么知道"玉书之家"的，又是怎么从越秀东山专门来店里的。

小伙子马上兴奋地回应说："太好了，东山的新河浦一横路'静山'也是我们家的，正好明天有个展览，欢迎您来。"

不由分说，我马上打道回府，回到东山的"静山"——先去认个门吧。

"静山"真的很静

一个不显眼的小门面，院子布置得很雅致，门内更是别有洞天。几个年轻人正在安静而紧张

113

忙碌地布展。

　　一个小伙子听到动静迎了出来。我说，我刚从中大那边赶过来。他惊喜地说："噢！就是您！我们正为明天的展览在做准备。不过，一楼和二楼都有一些陶艺品，您可以进来先看看。"然后，招呼出一个姑娘，让她陪我参观参观。

器物不寻常

　　好多的器物！这哪是普通人生活中的器物呢？

　　小姑娘对各处陈列的器物轻声地一一介绍。原来这些摆件是"玉书之家"与几十个陶艺艺术家合作的作品，当然主要是生活居家的器物！

"静山"的瓷器

每一件，都在引领家居生活的审美呢！

在我们的童年和少年时代，碗碟杯盘有着特定的意义。那些看上去粗陋、不规整、甚至缺口的饭碗汤碗，很多是老一辈留下来的。

到了几个兄弟分家的时候，哪有什么房子、车子、票子可分，几张小破桌子、几条长木凳，再加上几个碗和盘子，就是全部的家当。我记得小时候，我们跟爷爷分开过的时候，我父母分得了五只老碗。

我的记忆里，吃饭的碗，它具有家的意义。分家，就是分灶，就是分碗吃饭，分开过日子。

这些器皿，是家的象征，是生活的象征。民以食为天，从这个角度也是说得通的。

后来赶上改革开放，我感受的生活，从缺吃少穿，粗衣陋食，一下子到了追求牌子和出产地。

当我看到了景德镇的碗碟，精致漂亮，让人爱不释手。我喜欢上了陈立恒的法蓝瓷，喜欢它的雀舞系列和木槿系列。因为太贵，给自己订了个小目标：每年为自己买一个法蓝瓷器，作为收藏和纪念。

日子又变了。到了陕西，身边的朋友偶然间跟我说：新的瓷器就是日常用用，收藏的，还是要看老品。又觉得老的好看了，温润，透着文化，有质感。

后来，结识了搞书画的朋友。在他们的工作室喝茶，到他们家里做客，他们会热情地介绍：这是从日本回流的，这是从欧洲回流的，这是哪里的艺人手工制作的……

陈立恒法蓝瓷作品《圆满一生》

现在我们只买手工打制的精品，流水线的器物不再买了。

手工的，精心打制的，独此一件的，藏着艺术家的创造和审美的那些器物，才是最打动人心的。

我又跟着变了。于是，我会在闲暇时，跑跑陕西铜川的陈炉、渭南的白水和富平，也跑跑江苏宜兴的丁蜀镇，有时还会去看一家一家的窑口。

我会站在废弃的古窑里发呆，抚摸坑坑洼洼的铁锈色窑墙让人拍照留念。

我会跟正拉坯的老师傅聊当地的土质和他祖传的手艺，然后买上一两件刚出炉的茶盏或者公道杯，那是真正纯手工的、留着师傅手工拉制的痕迹和美好祝福的器物。

我还会慕名去拜访一些已形成自己风格的大师，比如我曾拜访江苏的青年陶艺大师葛军、陕西的耀瓷刻花大师崔涛。我常用葛老师的"小春风"紫砂壶泡茶，而崔老师在他自己的工作室亲手为我做的小茶杯，几年来一直随身携带。

回望几十年来，对小物件的喜欢，我大概可以写一篇长长的器物追风记。

器物最时尚

今天，走进这样一间只有几十个平方米的小屋，很多理念却被颠覆了，我竟毫不犹豫地买了一只他们称作花器的小陶罐——尽管花了几百元，就算学习生活新时尚的一个纪念吧。

斯摩格陶艺展

　　可以毫不夸张地说，在东山这一片的时尚文艺小店里，总是能带给我最新的审美风尚和最朴素的生活理念——前几天，我从新河浦三横路的一个叫作"橄榄山"的小店里，就看上了白色的咖啡杯和白色的方形西餐盘，它还有一个瓷语：给最心爱的人买一件纯白色的瓷器吧！

　　一只咖啡杯和一只西餐盘，从外形到品质，完美，让人赏心悦目，我已开心了很多天。

　　"玉书之家"说：器物是生活的一部分，生活则是灵感的源头。

　　我喜欢的器物，既是与古为徒的，也是与时俱进的，骨子里却是亘古不变的"师造化"。当我偶然遇见自然、天然、干净、安静、高简、实用的心爱小物件，直接刷微信，拿下！

　　静山·器物，这个小店让我的眼光第一次由餐茶具投向了花器——我又追新风了吗?

对器物时尚的跟进，过去都是因为朋友。或者他们工作室的陈列，或者他们家新换的摆设，或者是他们不经意说出来的一句话。

跟着他们，我家的餐具、茶具、小花瓶等，过去总是几年一换。我喜新厌旧的天秤座本性，因为小小器物的追风而得以满足。

原来这位店主是个时尚帅小伙，他正忙着布新展，展名叫作"斯摩格陶艺展"。

"玉书之家"的创始人王思忠先生这样介绍："能够把曲线，在黑、神秘、酷和优雅之间找到干净和安稳的力量，是很难实现的!"

我是又要在这种"黑、神秘、酷、优雅、干净和安稳的力量"中沦陷了吗?

月上东山

明月
此時

老东山与中共三大会址

中共三大会址在广州东山。如果不到广州，你就不会真切地感受到有那么多重大而珍贵的历史见证深藏在老东山，深藏在一条名叫"恤孤院路"的老街道上。

1923年6月12日至20日，陈独秀、李大钊、毛泽东、蔡和森等近40人，在广州城外东山的一幢简陋而幽静的二层砖木房子里秘密开会。他们代表着全国400多名中国共产党党员，召开中国共产党第三次全国代表大会。

恤孤院路长不过300米，宽只有五六米，满街红砖洋房，一路绿树掩映。在恤孤院路与瓦窑后街相交的小小十字路口处，乃当年的会址——恤孤院路3号，现在成了一处红砖洋房围抱着的小广场。

96年前，这里挂的门牌是恤孤院后街31号，1938年曾毁于日军的炮火中。后来，有人在这儿建了仓库，用来经商、住人，卖煤、卖陶瓷，修理摩托车，据说还做过印刷厂和字画店。

中共三大会址广场

1971年，一位叫徐梅坤的老人——党的三大代表，他凭着真切的记忆，从历史的沉寂中指认出这个风云际会的非凡之地。

2006年7月1日，尘封了83年的中共三大会址终于以广场博物馆的形式亮相。至此，共产党执政前的历次代表大会会址全部向世人开放。有人说，前些年路过这里，如果没有偶尔通过的公交车和轿车，这里宁静得恍如1923年。如今参观者络绎不绝，庄严宣誓的声音不绝于耳。

我一次次来到会址广场，在石碑、石地、石墙前驻足观瞻，每一次都能感受到这里的庄严气势和磅礴力量——

麻石地砖铺设的地面，沉静、厚重。厚厚的玻璃覆盖下，斑驳的墙基和红阶砖清晰可见，这些是会址残留的唯一痕迹；耸立在旧址处的那面褚红色大理石墙，上面镌刻着"中国共产党第三次全国代表大会会址"十六个行楷大字。最为醒目的是"全中国国民革命者联合起来"十二字口号，下面用破折号引出的一行小字："一九二三年八月一日《中国共产党对于时局之主张》"。石刻耐人寻味，读懂了这块石碑，大概就读懂了"国共合作"。

石墙边有一块黑色石碑，是广东省人民政府于2013年7月1日立的会址碑，上面标注着中共三大会址"全国重点文物保护单位"的等级和时间。

西侧的红色建筑是复建的中共三大纪念馆。特别重要的党史文物在这里第一次对外公开，只有纪念馆陈列的图文声音能让人们意识到中共三大的巨大历史性贡献，串起完整的记忆链条——

在那个山河破碎、水深火热的年代，党要选择一个安全召开全国代表大会的地点都非常困难。广州是民主革命的先行者孙中山多年经营的革命根据地，政治环境相对宽松自由，革命团体可以不受限制地开展活动。1923年4月，中共中央移驻广州。在这之前的一个月，中央机关刚刚从北京搬回上海。中共三大前后不到一年的时间，中共中央机关四次大迁移。从党的一大开始，每一次全国代表大会都是在极端严酷的环境下组织召开的，中共六大竟在千里之外的莫斯科召开。

革命不易、奋斗不易。中国共产主义运动在萌芽时就被当作"洪水猛兽"而遭到中外反动派的联合压迫。1921年，中国共产党诞生后，这股新生力量使得一切反动派感到深深的恐慌。党从成立的那一天起就不得不处于秘密状态，以后更长期受到残酷的迫害和血腥的镇压。

早期的共产党人懂得"万物开始、通体多难"的道理，深知"屯难之世"正是共产党人有为之时；懂得"刚柔始交"，则"万物生于忧患"的道理，要学会"知险而应险，虽为贵，然屈居之下"，于是在建党之初力量薄弱时，就考虑建立民主联合战线。只有跟国民党合作才能够双赢：既有利于国民党的改造，使国民党获得新生；同时有利于共产党走上更广阔的政治舞台，使之得到锻炼和发展。

"国民革命"标志着国共合作的正式建立，是每一个中国公民都应该参加的革命，是反帝反封建的革命，是要让中国人站起来的革命！

正因为孙中山先生"高举着国民革命的大旗，允许各种革命力量公开进行活动"，而且国民党"在南方建立了一块革命根据地"，中共三大后中国共产党发表了《中国共产党对于时局之主张》，"全中国国民革命者联合起来"是声明的最后一句话，这是一句符合当时中国实际、带有统一战线作用、能够团结更多革命者的口号。

中国共产党与孙中山商谈国共合作，谋求两党齐心掀起国民大革命之时，正是孙中山先生极其困难之际。辛亥革命的成果落在了北洋军阀手里，二次革命、护法运动失败，陈炯明叛乱，"种种黑暗腐败比前清更甚，人民困苦日甚一日"。几经挫折后的孙中山先生深感国民党内许多人日趋腐败，中国革命必须改弦易辙，他"真诚地欢迎共产党员同他合作，欢迎苏联对中国革命的援助"。

中共三大在广州召开是历史的选择。

那时的广州活跃着岭南第一位马克思主义传播者杨匏安。

杨氏宗祠成为早期中国共产党人活动的基地。中共三大的前期准备工作都是在杨匏安影响下完成的。

那时的广州，有组织得力和经验丰富的"管东渠"。中共广东区委，对外代号"管东渠"。他们对广州城区环境和社会生活有透彻的了解，为中共中央机关慎重寻找了东山的华侨洋房春园，继而以春园为中心，选择了距离不到百米的二层小民房，并对会场布置、食宿安排、交通路线做了精心安排。

广州东山有良好的人文环境和工作条件。东山是华侨聚集的地方。华侨的爱国主义与抗击列强、救亡图存、振兴民族的大节大义相结合，他们支持革命，并自觉掀起和投身轰轰烈烈

杨匏安像

的革命运动。1911年的广州黄花岗起义800名敢死队员中，华侨占500名。黄花岗七十二烈士中，华侨烈士有30人之多。孙中山曾发出感慨："华侨是革命之母。"另外，20世纪初的东山地处广州郊区，偏僻、幽静，周围是荷池、鱼塘、蕉林和菜地，来往的人不多，干扰较少，利于保密。著名的五大侨园中的春园、逵园和简园都是独立建筑，私密性较好。

我喜欢站在新河浦的小石桥上向着小广场的方向遥想：眼前的这座春园，年轻的共产党人当年怎样通宵达旦地思考、讨论？他们在这里怎样接待从珠江乘船而来、商谈国共合作的孙中山先生？毛泽东在会议期间，从新河浦路到恤孤院路或培正路，多少次真诚地拜访过握有重权的国民党要员谭延闿？向警予、蔡和森夫妇因为党内合作还是党外合作意见不同，有过怎样激烈的争吵？住在会议楼和逵园的代表们走过哪条路线在东山散步谈心？

会址遗迹虽静卧于红色广场的地下，但中共三大创立的统一战线思想却如高山般傲然屹立、雄视百代。它是我党的一个创举，在那个山河破碎的时代把握了大联合的革命主题，饱含"海纳百川、有容乃大"的古老智慧和家国情怀。历史选择了东山，那是历史的垂青。近百年来，中央和地方党政军机关选择在东山驻扎办公，那是因为这里深种着生生不息的强大红色基因。

2019年

逵园

读读图 光东前街

东山的龟岗大马路已经有百年历史了。靠近新河浦路的那一头，马路东侧有条200来米长的古街——光东前街。

兴许是正对着中共三大会址纪念馆的缘故，沿街的墙面上，中共三大历史宣传组图非常醒目，薄意雕刻，石块镶嵌，看上去既厚重又深邃。在新河浦观光图里，排在第一位的景点就是中国共产党第三次全国代表大会会址纪念馆。

到了光东前街，墙上的图会带着你，一步一步地打开东山新河浦的历史记忆。

新河浦观光图上，中英文标注了13处景点，想必是当地人最专业的建议。在广州人心目中，这13处，印迹珍贵、绝无仅有，值得游览缅怀：中国共产党第三次全国代表大会会址纪念馆、春园、逵园、简园、明园、隅园、基督教东山寺、培正小学、培正中学、广州市第七中学、越秀区东山少年宫、东山少爷公园、新河浦花园。

直通中共三大会址
的光东前街

当然，最重要的遗存要数中共三大会址和五大侨园。图中，"你现在位置、YOU ARE HERE"上画了个圈，箭头指着光东前街。《珍藏东山》一书里《地名寻根》说，光东前街，该名源于现已不存的基督教光东堂。

地名就像打开城市记忆的金钥匙。东山新河浦的居民十分留恋"东山、恤孤院路、培正路、烟墩路、培正中学、瓦窑街"这些名字，留恋这些名词背后所附着的意义。

可以想见，2005年东山区合并到越秀区后，老居民对"东山"的消失有多遗憾；也不难想见，2010年"东湖街道"更名为"东山街道"后，老居民对"东山"回归有多欣喜。

历史街区的沧桑里饱含着东山人曾经的开拓力，老名字后面深藏的是东山人生生不息的进取心！

You are here！越秀区东山街道新河浦社区，这是一个可以追忆东山人文风情、传承东山历史文化的景区，这里已被正式

131

列为市级历史文化保护区，目前正在努力打造成为粤港澳大湾区"宜居宜业宜游的优质生活圈样板区"。

东山新河浦地区曾见证了广州近百年岁月中的大事件。为实现国共合作，掀起反帝反封建革命高潮，中共中央机关曾在这里办公，中共三大曾在这里召开。

广州市现存最大规模的中西结合的低层院落式花园别墅建筑群就位于此地，因岁月留痕而独具沧桑之美的小洋楼，成为这里独特的美丽遗存。

一图胜景可览，而老东山曾经的历史荣耀、新河浦过往的功业彪炳，却是需要驻足瞻仰的。

2019年9月18日

寻迹徐梅坤

一位痴心不改、初心不变、壮心不已的革命老人——中共三大代表徐梅坤，他的故事感动了我。

广州有约

新中国成立不久，广州市文博部门接到一封北京的来信。那是时任国务院参事室参事、中共三大代表徐梅坤写的。他在这封信里，根据自己的记忆，认为中共三大会址在广州东山，具体位置在恤孤院路。这封信为中共三大会址寻迹和保护提供了重要线索和珍贵信息。

中共三大是中国共产党迄今唯一一次在广州召开的全国代表大会，会议确定的国共合作、统一战线方针，对中国革命产生过巨大影响。中共三大在党史上具有重大历史意义，因此，

133

找寻这一重要革命遗迹，意义不言而喻。但关于中共三大会址所在地，档案记录和当事人回忆只是笼统地称作"广州东山"，具体在东山什么位置，一般都讲不清楚。徐梅坤老人的回忆，需做进一步考证，可在那个年代，会址寻找和复修几经周折。

徐梅坤是浙江萧山人，出身于贫苦农民家庭，14岁在书坊做学徒，16岁开始在杭州、上海当印刷工人。书店和印刷厂的工作经历，让他有机会较早接触到马克思主义思想，1922年他在陈独秀介绍下入党，成为第一位工人党员。他是作为中共上

恤孤院路上的逵园

海地方兼区执行委员会书记身份参会的。在中共三大会议上，他被选举为第三届中共中央执行委员会候补委员。

1923年6月，刚满30岁的徐梅坤走进广州东山恤孤院后街31号，为了心中坚定的革命信念，与来自全国各地的几十名代表会聚一堂。他记得，他和一部分会议代表住的房子是一幢两层带有骑楼的旧式民居，他们住在二楼，会议开了9天，他们在这里住了9天。

会址封存着珍贵的历史记忆，这段历史让徐梅坤终生难忘。全国解放后，徐梅坤更是把寻找会址遗迹当成一件大事。正是这封信，徐梅坤老人成为公认的中共三大会址第一位寻迹人。

20世纪70年代开始，广东党史、文物专家和人大代表多次倡议修复旧址。由黎显衡、汪杰、陈为民、张继红、卜穗英等五位专家组成的中共三大旧址调查小组应运而生。他们自创"四步走寻址工作法"，对中共三大旧址及会议情况，用近两年时间调查走访，搜集历史档案，对中共三大珍贵史料进行抢救性收集。其间五赴武汉，访问中共三大代表罗章龙；函访徐梅坤、刘仁静、于树德、梁复燃等革命老人；数十次访问当地革命老人和老东山居民。一次调查小组突发奇想，何不将担任着国务院参事室参事的中共三大代表徐梅坤请来广州，徐老尚健在，身体还硬朗，他的回忆最具体详细，又特别关心会址的事情。如果老人能协助调查组、做现场查勘，几方面共同调查考证，这不是更好吗？说干就干，在征得组织同意和完成一系列复杂报批手续后，10月12日，广州又一次迎来了这位革命老人。13日，这一不同寻常的调查队伍就出现在东山。

徒步东山

工作组一行陪同老人在东山步行寻访，他们走遍新河浦路、瓦窑街、恤孤院路和培正路的大街小巷，与当地老居民座谈，详细了解街道环境和房舍变迁情况。

徐老边走边说，会址是在空旷地上独立的一座二层楼，左右没有屋舍毗邻，地势比街边稍高，雨天时，能见雨水北流。会址四周的环境，徐老的印象跟老居民的回忆是基本相吻合的。当年的民居和洋房稀稀疏疏的，不是现在密密麻麻地建满了新型建筑。

几天下来，还是觉得恤孤院路一带的旧式建筑可能性最大，于是，再请徐老实地查勘。

发现"1922"

当他们慢慢走到瓦窑街与恤孤院路交界处的一栋三层仿西式的花园别墅前，徐老抬头一望，他的目光停在楼顶"1922"这几个数字上。一瞬间，老人眼睛发亮，精神一振，几乎惊呼起来："就是这儿！就是这儿！这座别墅叫逵园，中共三大会址就在它对面。"看到这四个数字，老人激动异常。

这座洋房于1922年建成，业主以"1922"作为装饰。让人惊喜的是，房顶上的"1922"字样，居然半个世纪没有被改

东山口林荫小路 付娆 | 绘

东山口夜景　付娆 | 绘

动！当年开会时，它是认路的标志，现在，它成为会址解谜的关键！

逵园坐落于恤孤院路9号，高三层，红砖外墙，钢筋混凝土结构，是恤孤院路上最漂亮的建筑。它与春园、简园、隅园和明园合称东山"五大侨园"，是东山洋房的代表性建筑。

徐老回忆说，开会的时候，很多代表都是从外地来的，走到这里，就把"1922"当作路标。他记得，中共三大会议分配给北方的代表共12人，为了保密，他们不在同一天出发，不坐同一条船，也不乘同一趟车。上岸后，他们换上一套半长不短的"唐装"，一副广东人打扮，为的是不引人注目。他们三三两两、先后到达这里。如果迷路了，就找写着"1922"的那栋洋楼。他记得，沈茂坤、于树德、王振一、金佛庄、王俊、孙云鹏、陈潭秋等外地代表也住在会址楼上，楼下开会、吃饭。广东代表都在家住，但在会址吃饭。他清楚地记得，当年开三大时，透过窗户，天天都能看到"1922"这几个字，因此印象特别深刻。"终于找到了！"徐老十分激动。

逵园找到了，还要找到另外两个园，要看到"三园"团圆。

党史上地位赫然的春园在新河浦路22号—26号，由三栋并列的砖石混凝土结构的小楼组成，这三栋20世纪20年代由华侨建的西式洋房，中间的一栋——春园24号，曾是1923年4月至9月中共中央机关办公的地方。会议期间，马林、毛泽东、张太雷、瞿秋白、蔡和森、向警予等人均吃住在春园。徐老清楚地记得，到了晚上，在新河浦和莲塘畔散步时，他常与居住在这里的中共三大代表招手致意。

当他们沿着恤孤院路向南走不到100米，就看到面朝新河浦并排而立的三栋一模一样的西式楼房。春园24号找到了。

春园的位置确认了，接下来是简园。徐老的脑海里有一幅会址的记忆全景图：会址在恤孤院路的西侧，从庙前街到恤孤院路是由高至低的斜坡路，在开会地点渐渐转为平路。会址四周比较空旷，北边有逵园，是华侨女青年读书的地方；南边走一段路就是春园；西边有一片荒草地和一个鱼塘；东边是简园。

徐老记得，开会的地方往东，与恤孤院街平行的是培正路，有个带很大院子的别墅，名叫"简园"。那时，国民党要

纪念馆内模拟展示的中共三大会议场景

员谭延闿就住在这里。徐梅坤曾多次看见毛泽东到简园去。他还问过毛泽东，经常去简园干什么。毛泽东告诉他，是去探望湖南老乡谭延闿，跟谭谈国共合作的。谭有兵权，要耐心做他工作，把他争取过来。后来，李大钊、张太雷也常去简园。徐梅坤跟他们一起去过简园，也见过谭延闿。

现在就往东找。几十年过去了，东边马路四通八达，洋房成群，简园在哪里呢？从春园到培正路很近。眼前的培正路还是那样，一条不宽的马路，有点缓坡，有点小弯，如今路边绿树成荫、花团锦簇。沿着培正路向北走了几十步就看到了培正路13号，简园就在眼前！

就这样，相距仅数百米的春园、逵园、简园三个侨园都找到了，这三座建筑锁定了中共三大会址的方位坐标，中共三大会议旧址由此定位。

考证定址

最后的关键是找到那时开会的房子。他们再次回到逵园的对面，瓦窑街的南侧，寻找会议代表们50年前曾经住过9天的二层民居。令徐老吃惊的是逵园对着的房子却是平房，四周都没有那种二层老建筑。徐老看着这幢平房很肯定地说："这绝不是当年开会的房子。"寻迹又遇上难题。

究竟是怎么回事？不得不再访住在这里的老住户，只有从他们那里才能找到答案。原来，当年的房屋在1938年时被日军飞机炸毁，这一小块地方曾被夷为平地。现在的平房是广州解放后搭建的临时仓库。

调查组专家灵机一动，派人查询档案，让文献资料、人的记忆与现场实况来个互证。很快，他们找到了广州市《四区二分署恤孤院后街图》。这张从档案馆调阅的地图，由陈定中测量和绘制，他1936年曾被广东省政府任命为代理省地政局第一科科长。老地图显示：逵园对面只有一幢房子，门牌为"恤孤院后街31号"，与逵园相距17.6英尺（1英尺约为0.3米），中间是条窄窄的瓦窑后街，31号四周没有别的房屋。

一张老地图与一位老人的记忆完全吻合！地图测绘时间与会议时间无比接近。

说来奇巧，这张地图与中共三大文献档案中苏联移交我国的三大会场附近平面测量图一致。专家们聚在一起，反复核对。这两张图都是1923年8月绘制的，应该都出自陈定中一人之手。到此，地图与地图也得到了互证！这才是"踏破铁鞋无觅处，得来全不费功夫！"

当读到这些历史片段时，我们也好像置身于现场，置身于那样的气氛，也止不住欢呼雀跃、热泪双流！中共三大会址最终确定，1923—1972年，一段珍贵而激情澎湃的历史，在尘封了半个世纪后终于走回来了！20年后，会址进入修复阶段，工作人员采用现代考古方法勘查时，在旧址处挖掘清理出来的建筑基础，与徐老对房屋结构建材细节的回忆是完全一致的。2006年，中共三大会址广场博物馆以及春园对外开放。2013年，中共三大会址和三座红色侨园列入全国文物重点保护单位，东山

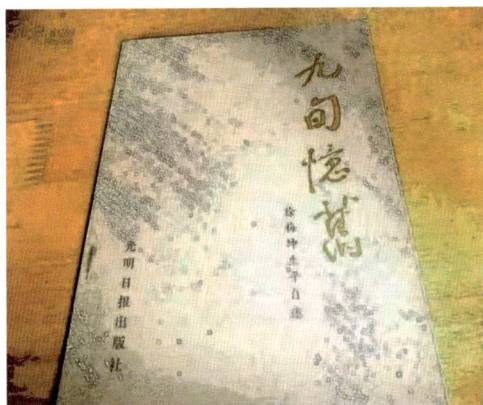

纪念馆陈列的徐梅坤
生平自述《九旬忆旧》

构成了以中共三大会址为中心的红色历史版图，现在每天来这里参观追思的人络绎不绝。徐梅坤的寻迹梦变成了现实。

徐梅坤，1893年出生，1997年逝世，他活了104岁。他加入共产党，是陈独秀介绍的。他来广州开会，是与李大钊坐同一条船而来的。

他见证中共早期的两位领导人唯一一次同时出席党的全国代表大会；

他见证了早期党代会的决策方式和中共三大关于国共合作方针的决策过程；

他见证了毛泽东在会上第一次提出农民问题的发言；

他见证了毛泽东经选举第一次进入中央执行委员会领导层；

他还见证了党的三大闭幕时全体到黄花岗烈士墓前高唱《国际歌》；

他还见证了初生不久的党如何在反动派迫害、经费困难、

徐梅坤像

条件艰苦的环境下忘我工作、恪守信仰。

　　他一生遭受过太多苦难，但他始终不渝地保持着对党的坚定信念，对社会主义事业的满腔热忱。在他的不懈努力下，1981年6月8日，经中共中央组织部批准，已88岁高龄的徐梅坤老人重新入党，党龄从1954年算起，多年夙愿终于实现。

　　他一生经历过太多风雨，但他艰苦朴素，淡泊名利，对党忠诚，严于律己，表现了一位共产党员的高风亮节，为后人做出了表率。

　　一个内心光明、初心不改的革命家，活了一个多世纪！他在90岁高龄时，口述三大往事，经整理出版成书的《九旬忆旧》不仅是其个人的生平回忆，更是研究中国共产党早期活动的重要依据和珍贵史料。

　　在中共三大纪念馆陈列馆内，有两幅他的大幅照片和个人事迹介绍。陈列馆内还悬挂着一幅放大的旧照片，记录了当时他与陈独秀、李大钊、毛泽东曾先后两次去廖仲恺家恳谈国共合作事宜的画面。陈列馆一角的玻璃柜里展出的是徐老曾经用过的钢笔和笔记本，引人驻足，追思缅怀。

逵园院外一块石碑上镌刻着一大段贴金文字，落款是"东湖（现东山）街道办事处，2005年"，碑刻上唯一一处提到"徐梅坤"，原文是这样的：

在寻找被日军炸毁的中共三大会址时，"1922"成了一条重要的线索，当年的中共三大代表徐梅坤于1971年来广州寻找中共三大旧址时，还记得他们在会议休息时就站在窗前，北面与"逵园"相距较近，能看到"逵园"两字，其顶部还写着"1922"的年份。塑有"1922"的逵园就成了确定中共三大旧址的重要坐标。逵园一直有华侨在此居住，当时中共三大会议期间，代表们为了保密，从不大声说话，唱《国际歌》也转移到了别处。

历史有情，东山有忆。"徐梅坤"这个名字，历史不曾忘记，东山不曾忘记。

2019年8月4日

再读图
光东前街
上篇

沿着光东前街东行，可以看到墙面上排列着六幅图，它们分别是：

第一幅《中共三大——风云事件的舞台》
第二幅《中共三大会址新貌》
第三幅《陈独秀》
第四幅《李大钊》
第五幅《毛泽东与杨开慧》
第六幅《廖仲恺与何香凝》

像这样展示当地风物的街面宣传图，新河浦一带随处可见。

眼前的这一组图，以最少的图片和极简的文字将中共三大及国共合作的核心脉络勾勒出来，以历史事件和叱咤政治风云的相关历史人物为主题，独具匠心，真切感人，一下子把人带到1923年。

1923年6月12日至20日，中国共产党第三次全国代表大会就是在这里召开的。陈独秀4月份先到广州，李大钊、毛泽东6月份陆续到达，他们三人都住在新河浦路24号春园。

毛泽东在1936年对美国记者斯诺说："共产党第三次代表大会1923年在广州举行，这次代表大会作出了有历史意义的决定，即参加国民党，同它合作，建立统一战线，反对北洋军阀。"

中共三大会议在离这里仅百米远的恤孤院后街31号召开，会议开了9天，陈独秀主持会议。大会正确估计了孙中山反帝反封建军阀的民主主义立场，以及把国民党改造为工人、农民、小资产阶级和民族资产阶级革命联盟的可能性，大会确立了国共两党实行合作、共产党员以个人身份加入国民党的方针。中共三大结束后，李大钊、陈独秀、毛泽东、张太雷等人全力投入建立统一战线、帮助国民党改组、筹备召开国民党一大的工作中。那时，中共中央机关在春园办公，陈独秀、李大钊、毛泽东等人在这里指挥全党工作。

在中国共产党和共产国际帮助下，国民党一大召开，孙中山对三民主义重新解释，把旧三民主义发展上升为联俄、联共、扶助农工的新三民主义。具有反帝反封建要求的新三民主义成为国共合作的政治基础。国民党一大的召开，标志着第一次国共合作的正式形成。从此，国民党获得新生，共产党走上更广阔的政治舞台，中国革命进入了新的历史时期，广东成为国民革命的根据地。

陈独秀和李大钊，他们曾于北大共事、并肩作战，留下

"南陈北李，相约建党"的历史佳话。从京汉铁路大罢工失败的事实中，作为党的早期领导人，他们意识到，在半殖民地半封建的中国，初生的中国共产党，如果不团结一切可以团结的力量，结成最广泛的统一战线，就不可能把中国革命引向胜利。于是，国共合作从中共二大提出，经西湖会议酝酿，到广州工作会议进一步明确，最终到中共三大正式决策，李大钊、陈独秀、张太雷、毛泽东等人为此进行了前无古人的伟大实践。

李大钊在1922年8月到1924年初，受党的委托，几次往返于北京、上海、广州之间，同孙中山多次会面，"讨论振兴国民党以振兴中国之问题，畅谈不倦，几乎忘食"。

李大钊、陈独秀、蔡和森、毛泽东等人首先以个人身份加入国民党，身体力行，率先垂范。在国民党一大上，孙中山指定李大钊等5人为大会主席团成员，大会正式通过了共产党员以个人身份参加国民党的决定。当讨论《中国国民党章程》时，国民党右派反对国共合作，经过李大钊、廖仲恺等人解释，大会终于通过了《中国国民党章程》，使国共两党经由党内合作方式结为盟友。

陈独秀对国共合作经历了从不同意到最后同意的思想转变过程。时任党的最高领导，陈独秀的态度对国共合作是至关重要的，三大会议最终通过了《关于国民运动及国民党问题的议决案》，确立了国共合作的具体方针，陈独秀功不可没。

毛泽东、李大钊在会上踊跃发言，号召大家"不应该害怕国民党""不要害怕参加国民运动"，亮明对国共合作的态度，消除消极情绪。会下，他们讨论起草修改三大文件，不眠不休。

会议间隙，毛泽东还曾与李大钊、张太雷一起，常去培正路简园，探望和力劝湖南老乡谭延闿，说服掌握兵权的国民党高层人物支持国共合作。

中共三大会后，毛泽东陪同陈独秀、李大钊专程到廖仲恺家里，拜访这位国民党元老，商谈国共合作和国民党改组的具体步骤。三大闭幕后第五天，陈独秀、李大钊、毛泽东等五人以国民党党员身份致信孙中山，建议国民党"在上海或广州建立强有力的执行委员会，以期合力促进党员的活动和广泛开展宣传"。

广州东山，从恤孤院路到培正路，从春园到简园，从新河浦到黄花岗，到处留下了伟人们上下求索的足迹。那时，他们风华正茂，豪气干云，那时，他们心忧天下，叱咤乾坤。想当年，他们面对多灾多难的祖国，满怀忧国忧民的赤子之心，在南国的这片热土上，是怎样忘我地工作！中共三大取得重大历史功绩，陈独秀、李大钊、毛泽东等人做出了极为重要的历史贡献。在那个风云激荡的时代，他们齐聚风云之地，登临历史舞台，付出艰苦努力和超凡智慧，探索国共合作方法，开创了统一战线的历史先河！

1923年6月的东山，党的两位主要创始人陈独秀、李大钊，共和国的伟大缔造者毛泽东，第一次聚首全国代表大会，共同创造了不朽伟业。这样的会聚史上唯一。李大钊一生唯一一次出席的中国共产党全国代表大会，是在广州召开的中共三大。他为民族解放而来，他为国共合作而来。1927年4月，在反动军阀的白色恐怖中，李大钊同志被捕入狱，4月28日英勇就义，牺牲时年仅38岁。当面对生死考验的时候，他从容地选择为共产主义事业献出生命，他身上凝结着最深厚的中华民族传统美德和中国知识分子的优秀品格！

六幅素简刻图，一组壮美史诗！

读图瞬间，强烈感受到他们那一代人历史眼光的深邃和思想价值的珍贵！

他们开创的伟大事业和留下的思想遗产，永远不会磨灭！他们崇高的革命精神和伟大的人格力量，将永远激励我们为实现中华民族伟大复兴中国梦而接续奋斗！

2019年8月19日

寻访
『史语所』

广州东山新河浦历史文化街区藏着一座尘封90多年的神秘侨园——恤孤院路12号：柏园。据传这里曾是"史语所"的创始地。强烈的好奇心驱使我接二连三地前往。

翻开《珍藏东山》画册，不经意被"恤孤院路12号""柏园""史语所"的字眼吸引。画册里页有一幅老图片，下方有一行解说文字：

　　恤孤院路12号，这座柏园大有来头：一是有传20世纪20年代"中央研究院"历史语言研究所（简称"中研院史语所"）在此创立，傅斯年、顾颉刚、容庚、商承祚等名家曾在此工作；二是有传20世纪30年代大韩民国临时政府流亡至广州时，驻节于斯。

"史语所"的创始地，原来藏在百年老东山！

画册作者是老东山人，应该所言不虚，解说用词却显出谦谨之意，直言"有传"，看来不甚确定。恤孤院路近在咫尺，何不过去看看？我一边这样想着，一边走出门去。

　　柏园究竟什么样，与遍布东山的中西合璧式老民居有什么不同？与中共三大会址相距仅数十米，柏园有没有同样遭遇日本飞机的狂轰滥炸？如果柏园还在，现在是公房还是私人宅院？贸然前去，会不会有些鲁莽无礼？时代变迁，沧海桑田，从这座百年老侨园中还能觅得"史语所"的踪迹吗？

东山新河浦路边
的百年洋房一景

恤孤院路
12号

　　带着串串问号，顺着路牌指引，很快就到了恤孤院路12
号，只见院门外墙张挂着告示牌——广州市历史建筑。告示透
露出如下信息：这里解放前曾是国民政府交通部第三区公路工
程管理局，该局负责广东、广西、福建三省7856公里长的国道
养护管理；后改为华南公路工程指挥部广州材料供应站。1953
年，中共中央华南分局交通部成立，迁入此处办公。再后来华
南分局交通部撤销后，这栋建筑改为广东省委宿舍。

　　这张历史建筑告示牌上并没有有关"柏园""史语所"的
信息，这让我有些失望。

　　既然来了，我还是硬着头皮，揣着猎奇的心理，小心翼翼

地走进传说中"大有来头"的"柏园"。

这是一处建有围墙的独院建筑，楼宇格局规整，气势宏大，院子方正，古树参天。清水砖墙的三层洋楼高高耸立，整个平面呈倒"凹"字形。"凹"进去的部分是正中入口，帕拉提奥式拱门设计，拱券带有明显的中东风格。这种三个入口式的洋房格局迥然有别于周围的侨园。

说实话，眼前的状况让我无论如何都不相信，这个园子就是大名鼎鼎的"柏园"！乍看上去，这里像个年久失修、破败颓废、缺少人气的大杂院。

可是分明有人住着。绳子上晾晒着衣被，门前歪七倒八地停放着自行车、手推车什么的，房子里隐约传出孩子的喧闹声，空气里间或闻到炒菜的味道。

难不成这儿住着"七十二家房客"？这里果真是大名鼎鼎的"史语所"创始地？我在院门内外各处寻觅，始终没有发现一块"柏园"或"中央研究院历史语言研究所"的字牌和标注。

好像没有人理会我这个"外人"，于是我选择从"凹"进去的正中入口，大大咧咧地往楼房里走去，恰好看到一对父子和几个游客也在这里拍照，我猜，他们也是跟我一样慕名而来的。

楼道里昏暗沉闷，透过门窗户透射进来的微弱亮光，慢慢看过去。

老楼梯、木质扶栏破旧缺损，看得出曾经维修加固过，从木材和工艺上，依然能够感觉出用料之厚实、做工之精致。

房门都关着，门楣上方的彩色玻璃造型特别，从里边向外看时，显得格外艳丽明亮。

地上铺满各种样式的花砖，看上去质地优良，只是褪了颜色。

楼梯拐角处有一处墙面粗看以为是一幅画，近前一瞧，原来是因多年漏雨，由墙面渗透的雨渍浸染而成。

天色渐晚，不便久留，第一次探访，未果而归。

不过说来真巧，第二天就有个朋友送来一摞新书，恰好有本岳南先生的《陈寅恪与傅斯年》，我乐不可支地翻到相关章节，果然看到这段叙述：

> 1928年10月22日，中央研究院历史语言研究所正式宣告成立，所址设在广州东山柏园。与此同时，傅斯年辞去中山大学教职，应聘出任历史语言研究所所长，从此迎来了"开辟史学新天地"的伟大时代。

又是"东山柏园"！

岳南先生素有"独为神州惜大儒"的美名，他书写民国先生们前是做足功课的。这段话，我相信他有充分依据，不是"有传"。

此时，探寻冲动再次在我心中升腾。

2020年5月20日

东山口等车　付婕 | 绘

恤孤院路12号半是线索半是谜

1928年10月22日，中央研究院历史语言研究所正式宣告成立，所址设在广州东山柏园。

《陈寅恪与傅斯年》书中的这段话成了新指引，探寻柏园的冲动再次在我心中升腾起来。我四处搜寻资料，不眠不休，几近痴迷。

我发现，《傅斯年文集》《傅斯年遗札》《顾颉刚日记》《马学良评传》等书里，还有《中研院历史语言研究所集刊论文类编》等史料中，几乎都有提及"在东山租了一个洋房，用作中央研究院历史语言研究所"。《马学良评传》明确记载：1928年10月22日，中央研究院历史语言研究所搬到了广州市东山恤孤院后街35号柏园。

《傅斯年文集》中收录的蔡元培先生1929年3月15日所作《国立中央研究院十七年度总报告》颇具权威，有关"史语所"初立过程讲得很清楚，特别是涉及所址迁移的部分，包含很大的信息量：复因历史语言研究之重要，决设历史语言研究所于广州，任傅斯年、顾颉刚、杨振声为常务筹备员——关于历史语言研究所，本所成立于十七年三月，因广西语言之调查，故暂设在广州，其所借用中山大学余屋为筹备处，继租东山柏园为临时所址，并在北平设立分所。

《中央研究院历史语言研究所四十周年特刊》也有关于历史语言研究所大事记年表：中华民国十七年（公元一九二八）十月十四日举行在所人员第一次会。二十二日自国立中山大学借用的筹备处地址，迁至广州东山恤孤院后街三十五号柏园，

恤孤院路 12 号局部

158

并正式函知广州市公安局请循例保护。历史语言研究所正式成立，所内筹设八组，分别研究史学、敦煌材料、文籍校订、汉语、汉字、民间文艺、考古学、人类学等。

看似线索，却是谜团。处于历史变革、城市变迁中的一座小楼，留下了串串问号：

当年的东山恤孤院后街35号——柏园，是不是现在的恤孤院路12号民居？

百年城市发展变迁，究竟是门牌号重新编排了还是原先的柏园早已毁于战火？

广州市1926年—1933年经界图上，今日恤孤院路12号位置处，标注的是"柏庐"而非"柏园"。那么"柏庐"与"柏园"什么关系？

同一时代、同一地点，史料记载与城市地图为什么对不上？

恤孤院后街35号、柏园、柏庐、恤孤院路12号，都与"史语所"初创期有关联吗？

这些疑问就像重重谜团。

"它的身段太迷人，它的故事好神秘。"有人这样戏称东山老洋房。一个偶然的机会，我读到2019年3月19日的《南方周末》，正巧有一篇陈晓平先生的文章：《中研院史语所原址发现记》。这篇长文记录了陈先生十多年追寻史语所原址的曲折过程，特别披露了一条重要信息：文物专家叶嘉良先生从1937年《广州市电话管理处电话簿》中发现一条与柏园有关的电话记录。依据这一新发现，作者认为今恤孤院路12号就是史料

柏园一角　二中兄 ｜摄影

中提到的东山"柏园"，也就是史语所原址。陈晓平说："至此，困扰多年的悬疑可以画上句号。"

这好像是有关"史语所"创始地的最新线索，至于是否可以"画上句号"，不得而知。

谜团也好，线索也罢，暂且不论是非曲直，我还是到实地一去。这样，我又走进神秘"柏园"的院子，这回顺着楼梯一口气爬上楼顶。

站在宽阔的天台上俯瞰四周，邻近的风物景致尽收眼底。

广州东山新河浦这一带的古建维修和悉心保护是很有特点、值得称道的。近些年来，百年老洋房在保护中修缮，在使用中激活，没有过度的商业开发，高贵又内敛、创新又亲和的侨园气质在悄然的深耕细琢中得到了弘扬和传承。

最值得称道的是，自2006年以来，中共三大会址广场与著名侨园春园、逵园和简园，已经构成一片红色旅游版图，每天迎接着天南地北的游客。不仅如此，以中共三大纪念馆为圆心的东山洋房集群经过修复后散发出独特的魅力，原汁原味的民国风情和新潮时尚的"湾区"范式，吸引着很多喜爱"古建"的人士来此徜徉、品鉴。

在通往中共三大纪念馆东侧，位于光东前街与瓦窑后横街相接处的馨园，堪称"老房子"保护和活化的典范。

附近的橄榄山、喜遇东山、生活煮酒、静山、东山别院、灯塔、晚茶等等文艺小店，让访客在百年旧民居里，悠然地饮一杯咖啡、品一盏红茶闲坐，抑或听一支老歌、赏一座老式座钟，还可以在这里布置一间民国先生小姐那样的婚房——仿古的花样、怀旧的格调、儒雅的情致，恰似羞答答的玫瑰静悄悄地开放在新河浦历史文化社区的握手楼、小街巷。

近百年来，新河浦这一带就有点世界民居建筑博物馆的意味，中西合璧的庭院式小洋楼与街区中活色生香的烟火气息融为一体，很文艺、很诗意，内敛而平和。可令人遗憾的是，东山遗存下来的600多栋洋房中，还有不少像恤孤院12号这样"被遗忘的老房子"。它们一直被掩埋在历史和时光的烟尘中，因为缺乏有效的保护、修缮和活化，一个一个还在默默无闻地沉寂中。

还是回到天台上来。当我登上天台才发现，柏园明显高于四周的许多建筑。从天台看简园，马路对面的院子一目了然，园中的亭台楼阁、树木花草清晰可见。"柏园"与中共三大会址之间原来只隔着一栋房子的距离，而它与春园和逵园相距也不过五十多米。

如此特殊的地理方位、建筑格局以及与众不同的高贵、神秘和文气，给我的直觉是：传说中的"史语所"曾经就是这里！

大天台是富有浓厚文化气息的。绿色琉璃立柱造型精美，上百年风吹雨打后颜色虽斑驳，却透出文物温润的光彩。地面的铺砖规整漂亮，围栏上长满青苔，沉静中有种凄美。

保存完好的八柱四坡绿色琉璃瓦顶遮雨，端端正正、威风凛凛地立在楼梯与天台相接的位置，气派十足、古意盎然，再配以具有岭南特点的散热除湿建筑设计，直让人流连驻足、赞叹不已。

我注意到天台上晾晒的衣被、长得壮实的蔬菜，还有堆垛在角角落落的杂物，顿感眼前一亮：阳光好、雨水足、人勤奋，荒废的天台幻化成生机勃勃的天地，也能给人带来衣食无忧的惬意。

忽然间，我想围着恤孤院路12号这座院子转上一圈，于是，慢慢地下楼，绕到楼后，第一次手摸墙砖，贴着路边慢慢地边走边看。

柏园与简园中间的这条马路，直通中共三大会址，交通最为繁忙，每天无数的脚步和车轮从这里穿行。我抬头仰望这面老红砖墙，它高阔而完整，看上去如此厚重、美丽和沧桑。

这老院落没有被修复和活化，要不然我怎能看得到它原来

晴日东山　付婑 | 绘

的模样？这么一想，竟暗自庆幸。其实，寻迹"史语所"，志趣并不在考证，也绝非猎奇。我想，远去的故事或许会给人某种启示。

2020年5月25日

作者注 →

　　经广东省政协文史委调研，全国考古专家、学者考证，1928年10月22日，民国"中央研究院历史语言研究所"即"史语所"在广州柏园正式创立。94年后的2022年的同一天，广东文物考古研究院正式发布，历经半年的修缮，位于广州东山恤孤院路12号的柏园揭牌亮相，面向公众开放。

肉菜市场的
生趣

我住新河浦时经常逛东山肉菜市场。

东山素以洋气闻名，但菜市场前还加上"肉"字，并且上百年没有改掉的，好像在别处没有见到过。老广东人对肉的喜爱，怕是深入骨髓了。

那是一个亲切又神奇的街市，一年四季为这里的居民送来最时鲜又丰富的食材。生趣，恐怕没有哪个地方能比得上东山肉菜市场的。

那些卖菜卖肉给你的摊贩最懂得食材，也最懂得吃。如果对做菜有疑惑，询问摊贩准没错，他们一定会给你说出个七七八八来，有些热心肠的"吃货"，还会特别认真地分享其烹饪秘诀。

有一次我去买肉，用来煲汤。摊主一脸笑意地问："吃肉，还是不吃肉？"

这是个问题吗？我想都没想就回答他："吃肉哇，大约三四个人吃。"

他马上麻利摘下挂在铁钩子上的肉条，切下一小块，递给我说："给你，苹果肉，很好吃的。"

我好奇地问："要是不吃肉呢？"

"那就用普通的瘦肉。"

明白了。以前与广东的朋友吃饭时，第一道菜肯定是煲汤，喝汤的时候，他们只喝汤，一般不吃汤里的菜，他们管煲汤的鸡脚、瘦肉什么的叫"汤渣"，一般不上桌的。原来广东人煲汤用的肉竟有这等奥妙。

遇上了行家，我赶紧请教。

"如果煎着吃，哪个部位更好呢？"我又问。

"猪颈肉。这个最适合煎着吃，又香又软，用来炒韭菜也是一等一地好。"卖肉师傅一边码着肉，一边耐心地回答我的问题。

在东山肉菜市场，我第一次体会到什么是方便和快捷。不管是切片、切丁还是切丝，个个刀工娴熟，唰唰两下就切好。卖海鲜的，杀鱼和开贝壳这类事根本不在话下。

一天又上菜场，我想照着《每日一膳》的菜谱学煲一道鲍鱼鸡块汤。

师傅一听，立马说："煲汤用的鲍鱼，小一点的就行，6元一只，两只就够了。我帮你开好，刷干净，这个壳不要丢掉，也要放在炖盅里一起炖。这个季节，鲍鱼的壳也是一味药材，对身体好。"

说话间，他三下五除二处理了两只小活鲍，麻利地装进袋

东山口大爷　付娆 | 绘

子，乐呵呵地递到我手上，又笑意盈盈地忙着招呼其他顾客了。

在东山逛菜市，逛的是广东人的美食经。如果遇上资深的美食家，还能跟上点当地的"食尚"。一个傍晚，我瞅着刚到的鲜劲十足的薤头，买还是不买，正犹豫呢，只见一个小伙子走过来，像是刚下班专门来扫晚市的，他就像见到宝贝似的马上抓了一把，喜滋滋地装进袋子，对我介绍说："薤头可是这

水果摊　付娆 | 绘

个季节难得的时鲜了，做法特简单，就用它炒肉丝，最后再丢一点米椒进去，特香，保证特下饭。"

在这里，爱逛菜市场绝不是落伍，反而是一种时尚。资深大厨和口味刁钻的"吃货精"直接钻到看似不起眼的沿边角屋，去寻找来自韶关、梅州、潮州、河源、湛江等地的心头好。时令不同的野菜，可遇不可求，得靠运气。

特殊的食材总是让人挂怀。它们刚从山上、地里、树上、海船里下来，老食客像是闻到了泥土的清香、阳光的味道，听见了原野的细语、海浪的咆哮，吃的本能瞬间被唤醒，味蕾像是着了魔，创新的灵感就在逛市场的分分秒秒中迸发了出来。

广东人做菜，蒸一蒸、灼一灼、煲一煲、炖一炖，用最简单的方法烹制出最鲜美、最原始的味道。寻找新鲜的食材，来源正是菜市场。

在我眼里，东山肉菜市场和比邻的龟岗市场，不但像个大超市，更像个大集市。作为城市生活的缩影，菜市场自然不应该停留在过去潮湿、闷热、污糟和臭气熏天的形象里。听说东山肉菜市场曾经做过多次改造，也被赋予了许多新的元素，但它的底色仍然是一个农贸市场。

东山这么高雅、文气、古典的闹市中心里藏着一个集市一样的活色生香的肉菜市场，这在大城市菜场遭遇"爆改"的当下，堪称奇迹般的存在。这应该得

益于广州人一贯的务实作风、商业精神和东山人对传统的坚定执着。

集市般的肉菜市场，从从容容地深藏在繁华的老城区内，任由你精挑细选、讨价还价，任由你问价砍价、货比三家。市井气息是它的独特标签，是广州的"魂"，市井气息里飘荡的是亲民、包容的岭南风。肉菜绝对新鲜，价格绝对亲民，这是过日子的王道。淘最新鲜的菜品，吃得好，吃得美，吃得健康，绕过被包装和中转出来的溢价，是东山人又酷又实用的生存逻辑。

广州人一向尊重历史文化和人居要素，政府的出发点只为提升居民幸福指数。越秀区的旧城改造，不搞大拆大建，只做"微"更新，以"绣花的功夫"实行共治、共建、共享。正因为如此，东山新河浦历史文化街区复兴工程项目获得了联合国人居署创设的"亚洲都市景观奖"。传统风格的保留，让这里的人总能看到市井之地的温暖和富含烟火气的生活本色。

只要有恪守于传统的食客和街坊存在，城区中的集市型菜市场是不会消亡的。传统的、原生态的菜场，在东山老街区显示出特有的顽强的生命力。是否可以这样说，没逛过东山这种广州老城区的菜市场，不足以谈"食在广州"？

东山肉菜市场真有一种神奇的魔力，让人莫名萌生出对生活的热爱。到这里逛一逛，看看那些乐天知命、随遇而安的摊贩，哪会心情抑郁呢？提着一袋鱼和水，一路上听着它活蹦乱跳、搅得水和袋子沙沙作响，哪会不开心呢？

月上东山

一

散步换了个方向，便遇见了老东山。

刚来广州时，晚饭后，我总是去二沙岛散步。岛上，花团锦簇，林木繁盛，步道幽美，空气清新。

星海音乐厅、广东美术馆、"小蛮腰"、珠江水、滨江路、城市发展公园、高档写字楼、高端别墅群，满眼的现代、时尚，处处高阔、明亮景象。

每个晚上，走上一圈，感受一番。天天如此，广州给我的印象便是灯火如昼，夜景如画。

数月后的一个晚上，我们顺着合群中路溜达，只几十步路，我就站到一座小桥上。朦胧月色下，一片欧亚风情街景映入眼帘。

桥下是河涌，清凌凌的河水泛着波光，幽幽地通向远处。河涌两岸，大树参天，繁花似锦，绿树和路灯掩映下，一幢幢西式洋房隐约可见。连接合群中路的是条窄窄的街巷，路牌上写着"恤孤院路"，我们就顺着这条路继续向前走去。

在一片片、一群群清水红砖小洋楼的环绕中，忽现一小片开阔地。巨幅标语牌、红色小广场上竖立的石碑、中共三大会址和广场纪念馆楼——眼前闪过的建筑，无不提示着：这里可不是普通的老街区，中共三大曾在这里召开！原来，我们走进了一个有故事的非凡之地。

好奇心驱使下顺路继续步行，我们从恤孤院路经烟墩路再转到培正路，经过这样两个右拐后，回到了河浦涌。

一路的遇见太美了！温柔的月光下，老树、老街、老校和数不清的老洋房，还有从一栋栋小洋楼、一扇扇花窗里透出的色彩斑斓的灯光，营造出一种古今穿越、诗画交融、中西倒错、似真亦幻的意境，一种经时间打磨和沉淀后散发出的隽永气息扑面而来。

真是一处诗意的栖居地！广州的气质、神韵原来藏在这古巷深处，竟藏得这么深。这里是老东山，这里是新河涌，是与现代时尚的二沙岛完全不一样的街区。

那晚的初见，让人有种"知吾向之未始游，游于是乎始"的欣喜，我产生了游览、探寻东山的念头。

二

东山曾是广州的一个独立行政区，如今是越秀的一个独特

付娆 | 绘

街区。说东山独特，是说它与越秀、荔湾这样的传统老街区不同，它并不是从2300多年老广州城脱胎出来的，而是清末民初在特殊的时代大背景下，迅速崛起的另一个街区。

东山开发不过百年。

东山无山，却因山得名。东山位于原广州城东三公里，明清时期，这里岗阜连片，遍布诸如烟墩岗、龟岗、木棉岗这样的小山丘。广州人习惯称丘为岗，主岗为山，于是把这里叫作"东山"。也有个说法，东山因寺得名，明成化年间，这里有座东山寺，"东山寺，在城东"，因有东山寺，又居于广州城东，这一带渐渐地被称作"东山"。不管哪种说法，有一点是共同的：从明代到清末民初，东山"辟在一隅，向未有过问者"，只是一片"不耕之地"。

"自广九铁路建成，西人皆在此建住宅以避市嚣，华商亦接踵而来，于是遂成整洁之村落，有茶居、福音堂、学校等。地价日增，屋宇日盛。"1919年出版的《广州指南》做如是介绍。1911年，随着辛亥革命成功，千年古城广州进入城市建设转型期，东山开发也因此步入快车道。短短二三十年时间，东山一带迅速建成全广州最大的西式别墅群，成为近代华侨、政要、文人的聚居地，"东山洋楼"自此闻名遐迩。1941出版的《广州概览》中曾这样描述："民国以来，建筑西式房舍者日众，遂成富丽之区"，道出东山建设的大概脉络。

改革开放后，广州城的变化日新月异，老建筑逐渐成为稀有的标本，拥有493栋百年建筑的东山新河浦老街区，成为广州现存最大规模、中西结合的低层院落式近代建筑群。

三

一个偶然机会，我得到一本《珍藏东山》画册。东山历史，东山洋楼来历，哪栋楼曾经住过什么人，此间发生过哪些事，书中讲得精彩又有趣。这本书图文并茂，制作精美，充满深情的文字很打动人。一本带有浓厚"东山情结"的画册，是我探寻老城的一把钥匙。此后，我常拿着画册走街串巷，一步步走进历史老街和著名侨园，走进它们的传奇。

恤孤院路最南端右侧的新河浦路22—26号春园，曾是中共中央机关旧址。春园由三幢三层西式洋楼组成，面向新河浦涌并排而立，威武气派。春园24号楼已成为中共三大历史纪念馆，正式对外开放，来此参观的人络绎不绝。旁边的春园22号楼开办了新河涌幼儿园，从这里走过，时常会听到孩子们的朗读声。

中共三大会址广场对面的逵园，楼顶标有醒目的建造年份"1922"。可别小看这个数字装饰，当年从外省来广州参加中共三大的代表，把它作为认路的路标。在后来寻找会议旧址时，它又成了确定旧址位置的关键。

培正路13号的简园，曾是谭延闿公馆。中共三大会议期间，毛泽东曾多次来简园，做这位湖南老乡的工作，商讨国共合作。简园至今尚未对外开放，我们只能从斑驳粗糙的米黄色意大利风格批荡院墙，看出它的别具一格。

从恤孤院路拐个小弯向北，有一条叫作寺贝通津的狭小街道，街名本身就是个典故。这条街位于东山寺背后，曾经是寺贝底村居民的出入通道。人们把它叫作"寺贝通津"，意思是"东山寺背后通往海边码头"的那条路。

我曾顺着这条小道寻迹，东山五大名园之一的隅园就在寺贝通津42号。据石碑记载，隅园始建于20世纪30年代，是近代著名造船专家伍景英建造的英伦风格的花园洋房，因阳台的梁托上有中国独有的吊钟花形，而被誉为"西曲中词"。

实际上，东山洋房大多在传统岭南大屋基础上糅合了西洋风格，前庭后院，红砖清水，柱式、拱券、山花顶式门廊，南洋花阶砖、意大利花地砖、满洲窗，整体呈现中西融合、多元统一的人文意蕴，外观是西式的，园子的精神却是中国的。

启明二马路2号，一座两层曲尺形红砖洋楼别墅，就是这样一座典型的"西曲东词"风格花园洋房。蜚声海内外的散文大师秦牧先生在此住了16年，我曾与友人一道慕名前往。

园子的院墙有点特别，它有"观窗知人"的功能。据说当初建楼时，主人特意把院墙的通花窗底高设计成常人身高。遇有人经过，如果只看到院外人的头顶，说明那是路人，不必理会；如来人踮起脚、扒着窗往里看，主人看到人脸，就会出来接待。

我们知道主人不在，只是隔着院墙踮起脚尖使劲往里瞧，想象秦牧先生正在笔耕，不便惊扰，在院门前驻足片刻，拍照留念。只是，秦牧先生离开我们已近30年，无论我们怎么踮脚扒窗，都只能想象先生的音容了。

四

到广州常听人说"西关小姐、东山少爷"，对这句话的含义，外来人不甚理解。当我第一次听人说起"东山少爷"时，以为这个称呼含有贬义。因为"少爷"一词，多少带点"好逸恶劳、徒有其表、坐享其成、华而不实"的味道。了解东山后才知，"东山少爷"其实是个爱称。

我巧遇一位老先生，培正二横路上的润园就是他家的园子。这位老先生为我解开了"东山少爷"之谜。

老先生祖籍台山，祖父是美洲华侨，这座小洋楼是其祖父修建的。二十世纪二三十年代西方经济大萧条，从台山一道去美洲的侨民把辛苦赚来的钱带回家乡，准备购地建房，可那时军阀混战，盗匪猖獗，在乡村建房置业谈何容易？恰巧，祖父有位同乡在东山培道学校附近的启明路上，建起第一幢小洋楼。这位同乡原本为自己孩子上学投资建楼，却有不少学生家长纷纷上门来求租，且租金出得很高，房子立刻就不够租住了。精明的同乡发现这是一个商机，他提议老先生的祖父与其他侨商来这里购地建房，一来用于出租，二来可以自住，让自己的子弟上最好的学校。于是，华侨们结伴在这里购地、填塘、修路、建房，落脚生根。

这些侨商既对中华传统文化独具情愫，又接受和崇尚西方的生活方式，对居住有着全新的要求，想要建一种与西关大屋不同的、带有西洋风格的房子。而那时没有现成的建筑设计图纸，也找不到融通中西的设计师。那位聪明的华侨同乡又发现

付娲 | 绘

了一个新契机——楼宇设计，他送自己的儿子去美国专修建筑设计。东山有许多座风格独特、中西合璧的洋楼出自这位青年之手，有的深受其设计理念影响。老先生的祖父建的这座楼，初稿就来自这位留洋青年设计师，祖父对廊柱和庭院的细节提出了一些建议，使他家的洋楼有别于邻家的。

侨商的后代们在东山成长起来。这些年轻人骨子里浸润着中华文化的优秀传统，又接受了良好的西式教育。他们是一群积极进取、目光远大、引领时代潮流、具有家国情怀的青年才俊。他们阳光、通达、自信、时尚，被那时的广州人称作"东山少爷"。如今，东山少爷成为历史，但这个称呼仍在流传。

为什么这些洋楼都以"园"命名呢？老先生说，那时的华侨都想给自己建的房子起个雅名。他们从自己名字中择一字给小楼命名，是为让后人记住老一辈人打拼的辛劳。

这位老先生，或许是传说中的"东山少爷"吧。

五

几个月后，我们因有机缘搬到了这儿，不想竟住进东山。

这是一幢四层民国小洋楼，高高大大、方方正正。四楼有个大露台，从这里可以看得很远。院里长满了竹子，到处是好看的花。楼左是一栋带意大利风情的小二层洋房别墅，平时很安静，节日的时候，这家院子里歌声、欢笑声不断，一直热闹到午夜。右侧的红色小洋房是办公用的，平时没有什么声响。楼与楼之间相距得很近，当地人管这叫"握手楼"。

新河浦是老东山的一个历史文化小区，大多数别墅属于历史文物建筑和私人产业，一般不对外开放。刚刚搬来，我对一切都感到新鲜好奇，总觉得每一幢楼都有一个传奇的故事，从这些老洋楼里走出来的人，我都有种想接触和了解的冲动。每一次上街，我都会选择不同的路线，期待能遇上像那位老先生一样的街坊。

我喜欢逛逛培正路。培正路连接着烟墩路和新河浦路，靠近烟墩路的那一头聚集着三所百年名校：广州市第七中学、培正中学、培正小学。路的一侧，飞檐碧瓦的漂亮校门上悬挂着"培正中学"匾额和培正"至善至正"的校训，长长的围墙上镶满刻有"培正"二字的琉璃瓦当。站在培正路的北端，目之所及皆为"培正"，瞬间会受到莫名的熏染，此时此地的自己，仿佛变得庄重斯文。

这条路从烟墩路走来，带着婀娜的风姿通往新河浦涌。人们紧贴着沙粒粗糙的黄色围墙走着，一家一家小院里探出来鲜艳的簕杜鹃，应季绽放的木棉花、凤凰花，还有终年碧绿的爬山虎。培正路上一个一个被巧妙安排的屋宇古物，风情自在，透入灵魂。这里的空气飘动着传统、自然、诗意和爱的味道，让每一位路过的人移步换景，百年名校、百年老街、百年名园——广州啊，你因东山而不凡。

在广州，经常会听到"有权有势住东山"的说法，老广心目中的老东山似乎带点高不可攀的神秘感。但走近东山后，我发现东山是温暖而平和的。这里，一边是柴米油盐酱醋茶的日常，一边是琴棋书画的古韵书香。这里，浪漫与市井同在，规整与个性并存，旧时风与新时尚共舞，既有文艺范，又弥漫着烟火气。

在这个街区，外来人口与本地居民，大院文化与洋楼个性，聚居融合，友好守望。久住在此的居民，常常会牵着一只叼着快递的狗狗匆匆走过，和擦肩而过的邻居们打着招呼。小巷静谧，邻里和睦，人多却不喧闹，古旧却不杂乱。窄窄的车行道、人行道上，即使早晚高峰，也从没见过人们因碰擦而临街争吵。这里是东山人的东山，它成为广州市井气息最贴切的注脚，街坊们活得自在适意、欢喜踏实。

20年前，广州将东山洋楼群片区列入"历史文化保护区"，新河浦的493栋洋楼纳入保护利用规划范围。经过多年活化，如今东山洋楼不仅保留复古风情，当代艺术元素还让历史建筑再次"活"了起来。广州唯一获得"第五届全国文明单位"称号的现代东山街，仍然绽放出无与伦比的时代魅力。

我喜欢逛橄榄山小店，喜欢在这家小院里坐坐，看落英缤纷，听对面小楼不时传来的钢琴声。顺便说一句，这家的小物好看又好用，那段日子，咖啡杯和装裱精致的画框是我的至爱。然后，穿过小巷走到烟墩路，在看上去并不起眼的前街咖啡店坐下来，点一杯手冲咖啡，再配上两片瑞士产的焦糖口味饼干。

我喜欢去馨园。这是新河浦一带最令人神往的花园洋房，庭院别有洞天，店里的南瓜羹和牛排特别精致。如果想做一夜

东山　付娆 | 绘

旧梦，可直奔三楼东山少爷房、二楼西关小姐房。馨园的老板是个古建爱好者，常年在国内的上海、香港，以及国外的意大利、希腊周游，她的理想是将当代最时尚和最古典的元素带入她的园子。

我还喜欢去逵园。那里举办高品位的艺术展览已成日常，逵园艺术空间的创设故事常为人所津津乐道。百年前的居家楼，怎么通电源，怎么走电线，花地砖、花阶砖和窗花如何搭配，铁艺窗花和栏杆怎样才能做成旧时繁复的图案，家具要怎么摆放才能保留历史和时光的痕迹，院内的一树一花、一石一水，怎样布置才显古风等。修复活化的每个细节，都有古建、文博专家团队的参与，在兼顾美观与实用方面，逵园的新主人可谓下足了功夫。

新河浦历史文化街区的活化实践贴近生活、保持本真，这里不设门槛，也不拒绝进来歇脚的人。这里的居民习惯了闲暇时去看个展览、逛个艺术空间，放学的孩子、散步遛鸟的大叔、买菜的阿姨也常常走进各个文艺小店……这是东山人生活中不可或缺的一部分。广州市和越秀区对小洋楼整旧如故的保护与活化，让这里的历史建筑缓缓散发出古典雅致的人文魅力，这里风物闲美，真的很值得细细品味。

六

"热闹"这个词，根本不足以描绘东山，白天的东山，简直可以用"沸腾"二字来形容。

放学时的东山口，从校门里奔出来的孩子们，清脆快乐的声浪让老街瞬间成了声音的海洋。大大小小穿着校服的少年儿童，直接冲进街边的各个小食铺尽情地大快朵颐。

东山百货大楼是东山老街坊和家庭主妇最爱逛的商场，这里人气旺，生意好，老街坊喜欢的好东西，俯拾皆是，遇上打折活动，人多得简直挤破头。广州的传统百货店还能有这番景象，真让我吃惊。看来，保持本色、服务"工薪"、物美价廉是这家店最大的特色。2020年的春节，我邀请年近九旬的婆婆和我父母同来广州过年。与东山的老街坊一样，老人也最爱逛东山百货，遇上打折，眼里放光，在20元一件、30元一件的衣服摊儿上挑来拣去。身处大广州能买到中意又便宜的衣裳，老人们乐不可支。闲逛中，他们还发现了贴心好物——广州地产内衣，记得叫"利群"的牌子，纯棉质地，做工考究，特别是内衣做成开衫，方便穿脱，不再像穿套头衫那样，为抬不起胳膊而受苦。

东山口大街两边，店铺林立，特色美食应有皆有，如深井烧鹅、潮州牛肉丸、香港美点、云吞面、早茶点心，既可外卖带回家，也可坐下堂食。烟墩路上像双皮奶、姜撞奶、老蛋糕这样的小食店，一家紧挨着一家，又便宜又美味。广州酒家是当地人最爱叹早茶的地方，一盅两件，可以打发一上午的时光。如果要给客人准备些广式伴手礼，莲香楼是最好的去处。

东山口人流如织，生机勃勃，叫卖声、讨价还价声此起彼伏，这里是人人都在抒写生活真谛的世界。东山肉菜市场的早晚市时光，人挨人、人挤人，有的店铺前永远排着长长的队。我喜欢提个竹篮子逛菜场，有时在熟食摊割一条脆香五花肉烧腊，有时在今香食品摊前等一碗销魂猪红汤，也会耐心排在炳记饺子店前长长的队里，只为买二斤现包的荠菜馄饨。离开广州好一阵了，至今还常常回味"今香"和"炳记"的味道。

七

那年中秋节，我们邀请老朋友戴老师一家来新居赏月。

戴老师夫妇特地送来一些米、芝麻、油和苹果，说是用来暖居的，祝福我们在这里生活平安幸福，日子如芝麻开花节节高。想得真周到啊！一袋米、一瓶油里，不仅有父兄般的温暖，还有融入一方水土的安稳。

戴老师是著名古典文学教授，在研究唐代文学方面很有造诣。他们南下广州已经20多年了，时间过得真快，一晃他们都有外孙女了。

那晚，他们把外孙女带来了。这个叫田田的小宝贝可爱极了，一头漂亮的鬈发，眼睛明亮能说话，刚两岁的小家伙，总共也没见过几次面，但她就是跟我们亲。我们在大露台上喝茶赏月时，她一直紧贴着我们坐着，玩得很开心；到院子外散步，她一直拉着我们的手不放，我的心都被融化了。

十五的月亮从东方升了起来，月光从隔壁家的树枝间星星点点地透射过来，不一会儿，银色的月光洒满整个露台，照在每个人的脸上。

月上东山，月色温柔。我们两家"外乡人"在露台上饮茶、赏月，说说书法，聊聊诗歌。三代人被幸福所环抱。

东山不是山，但在我心里，它有峰峦、有起伏、有绵延，它是一片非凡的风云之地。载入史册的中共三大在这里召开，许多传奇故事在这里发生。东山洋楼既见证了广州城的发展脉络，也记录着几代广东籍华侨的奋斗历程与家国情怀，今日东山承载并接续着新老广州人安居乐业的幸福生活。

"我徂东山，慆慆不归"，那是周公东征，正从东山归来。

"过眼滔滔云共雾，算人间知己吾和汝……重比翼，和云翥"，这是青年毛泽东惜别杨开慧，即将奔赴东山。

无数个月明之夜，漫步东山新河浦，我一次次眺望夜空，思考着几乎是同样的问题：当年，孙中山先生怎样从珠江乘船来到春园，与陈独秀商谈国共合作大计；年轻的共产党人在春园里怎样通宵达旦地思考、讨论？当年，毛泽东怎样一趟又一趟走进简园真诚拜访握有重权的国民党要员谭延闿，同他商量国共合作；三十来岁的毛泽东怎样在庙前西街36号的小书房里，日夜构思《中国社会各阶级的分析》这篇雄文？

当年，陈独秀、李大钊、毛泽东等人，在中共三大会议后，又是怎样前往廖仲恺家拜访，与那一对革命家夫妇共同展望中国革命的美好前景？

今晚，一个春日的月夜，家人接到通知，即将奔赴新的工作岗位，我们就要跟美丽多姿的新河浦、耐人寻味的东山说"再见"了。

月上东山

付婼 ｜ 绘

今晚，无论多晚，我们都要到外面走一走的。曾经多少个夜晚，穿行在梦幻般的大小街巷，看树影斑驳晃动，院子里伸出来的三角梅在微风中摇摇摆摆，大朵大朵的鸡蛋花盛开在高枝上，不时有小孩子骑着童车窜来窜去，后面跟着一路叮嘱的爸爸或妈妈。

疫情下的城市夜晚格外宁静，新河浦路、东华东路、达道路、培正二横路，再转回新河浦路，一路走过，很少遇上行人。今晚，月色不是很浓，海棠花儿却开得浓艳。熟悉的街道，熟悉的味道，熟悉的花朵，我们默默无语，只是拿着手机不停地拍照。

看着繁花锦绣，赏着姹紫嫣红，想起这种一日之间，广州忽然变成了一座"花城"，几乎全城的人都出来深夜赏花的情景，真是感到美妙——秦牧的《花城》里，描写的正是花城人深夜赏花。

今晚是客居花城的人，在朦胧的月色中深夜赏花。我们流连在百年别墅、古树繁花间，跟每一棵树和每一朵花道别。

后　记

人生的际遇妙不可言。

曾经几十次出差到广州，每次都来去匆匆，偶尔看看，也是走马观花、浮光掠影，对这座城了解很少，谈不上喜欢或是不喜欢。

没想到，因缘际会，我们举家搬到广州，住进东山。客居广州一年零十个月，我慢慢地爱上广州。

如果要了解一个地方，只有住下来，过上一段日子，才能了解它，发现它的好。从东山看广州，我真切感受到这个城市怦怦跳动着的脉搏，那样活力澎湃、生生不息。不由自主地，我与之同频、合拍、共振。

落脚在东山新河浦，我学广东人的样子煲汤、做牛肉饼、爆炒空心菜；游览东山老洋楼，探寻"史语所"的历史陈迹；我会跟广州的老同学一起叹叹早茶，弄弄插花，听听粤剧，看看《醒狮》，参观参观当地的博物馆；我还信马由缰地沿着河涌走，从新河浦出发，一直走到东濠涌……

如果一定要用最简洁的词语来形容广州，我会用"铿锵"和"斑斓"。

广州是铿锵的。

处于三江际会、岭南门户的广州，自古是一座激荡着勃勃雄心的城市，广州人骨子里有种生猛鲜活、劲道十足、敢闯敢拼的基因，甚至连市花木棉从树上掉落地面的声音，也是铿锵有力的——"铿然一朵阶前落"，广州诗人这样赞美。当我想象当年，仅二三十年间，1100多座小洋楼在东山拔地而起的声势；当我抚摸沙湾古镇蚝壳墙、倾听来自百年前万众捍海的吼声；当我置身东山肉菜市场，听着气运丹田、此起彼伏的叫卖；还有粤剧的清亮高亢；还有"万大事有我""头啖汤"的豪情万丈——"任何一条车水马龙的主干道背后，一定有一间人声鼎沸的茶楼"，广州不只是低调务实，广州是一步一鼓点、一步一铿锵。

广州是斑斓的。

东山的清水红砖墙、民国水刷石、西洋洋房、满洲窗、西洋的建筑线脚缝进东方的青砖，这是一种斑斓；新河浦茶室中布置的岭南画，鲜艳明丽、彩墨并重，这是一种斑斓；东山人的日子多姿多彩、包容多元、活色生香，白天是花的世界，夜晚是灯的海洋，这也是一种斑斓。

广州究竟是一座怎样的城市，能让外乡人毫不费劲地融进去，由内而外地认同它？

一个无比热爱美食和鲜花的城市，它像个家；

一个既生猛又淡定的城市，它像邻家男孩；

一个谦和低调又情趣盎然的城市，它像闺密；

一个外来者与本地人都觉得自在的城市，它像朋友。

"当我们面对城市时，我们面对的是一种生命，一种最为复杂、最为旺盛的生命。"简·雅各布斯道出人与城的情感真谛。

在广州，很多的遇见让我感到新奇，太多的故事令我怦然心动，我开始有意识去探寻"那些最为旺盛的生命"，养成随手记录的习惯，感知神经也变得敏锐起来。我把看到的、听到的、感觉到的，一一记载下来，变成文字，通过自己的公众号"雲之云兮"发表出来，于是有了这本小书《月上东山》。

写着写着，"月上东山"成了定格图景，纠缠脑海而不肯离去。不是我多情，是月上东山情太多；不是月多情，是我在人生中遇见了东山。我见东山月妩媚，东山月见我如故人。世间有多少次相遇？相遇能成为永忆又有几回？

也许是住在东山，第一次见到月上，唤起记忆深处的"月出于东山之上，徘徊于斗牛之间"。那一瞬间，与历史相接，与生命相亲，有如翠鸟足尖与荷叶上水珠相碰撞，没有火花，只是晶莹。

"高歌一曲斜阳晚，一霎时波摇金影，蓦抬头，月上东山。"月上东山是一个意象，既是我常常欣然起行、夜游东山的实景，也代表了这段平和、充实、惬意的时光。我愿把在此地的所有记忆，以及对岭南风物的情愫，都赋予在这个澄澈空灵的意象之下，久久封存在内心最深处。

东山不是每晚都有月亮，但东山以及广州的底蕴就像一道月光，永远洒向我洁净温柔的光。每当想起东山，就有一轮明月照耀我心。

彦云

2022年7月12日夜